LAB'

Née en 1960 à Hong Kong d'un père architecte et d'une mère verrier, Viviane Moore devient photographe à 19 ans, puis journaliste free-lance avant de se consacrer à plein temps à l'écriture. Elle est l'auteur de nombreux romans noirs, médiévaux et contemporains, ainsi que d'un livre d'anticipation. Membre de la Société des Gens de Lettres et de la fameuse Crime Writers Association, elle vit aujourd'hui près de Chartres.

## DU MÊME AUTEUR
## COLLECTION LABYRINTHES

LA COULEUR DE L'ARCHANGE

BLEU SANG

NOIR ROMAN

ROUGE SOMBRE

BLANC CHEMIN

JAUNE SABLE

VERT-DE-GRIS

PAR LE FEU

PAR LA VAGUE

LES OISEAUX DE RHIANNON

## EN GRAND FORMAT

LA COULEUR DE L'ARCHANGE

LES OISEAUX DE RHIANNON

FAUVE

ILIANDAY

PAR LE FEU

## COLLECTION NOIRES RACINES

INTRAMUROS

## ÉDITIONS FLAMMARION

TOKYO DES TÉNÈBRES

OMBRE JAPONAISE

**www.lemasque.com**

Viviane Moore

# PAR LE VENT

ÉDITIONS DU MASQUE
17, rue Jacob 75006 Paris

Pour l'éditeur, le principe est d'utiliser des papiers composés de fibres naturelles, renouvelables, recyclables et fabriquées à partir de bois issus de forêts qui adoptent un système d'aménagement durable.

En outre, l'éditeur attend de ses fournisseurs de papier qu'ils s'inscrivent dans une démarche de certification environnementale reconnue.

ISBN : 978-2-7024-3339-3

*À celui qui croit, qui partage, qui M.,*

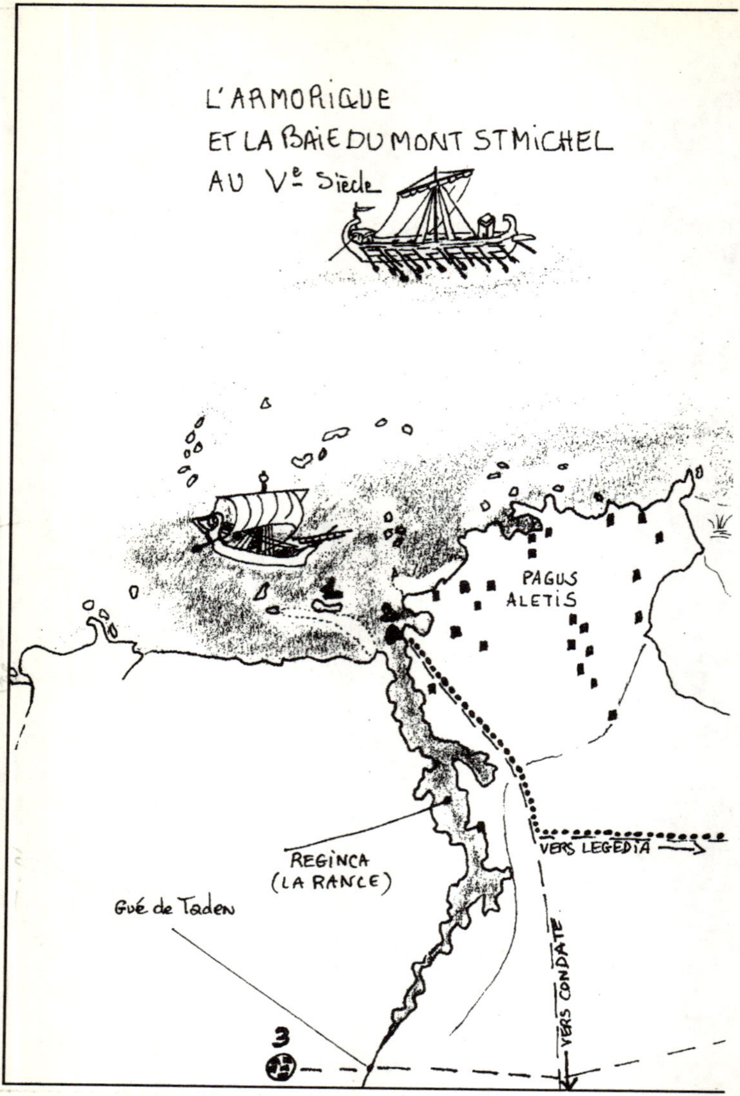

L'ARMORIQUE
ET LA BAIE DU MONT ST MICHEL
AU Vᵉ Siècle

PAGUS
ALETIS

VERS LEGEDIA

REGINCA
(LA RANCE)

Gué de Taden

VERS CONDATE

3

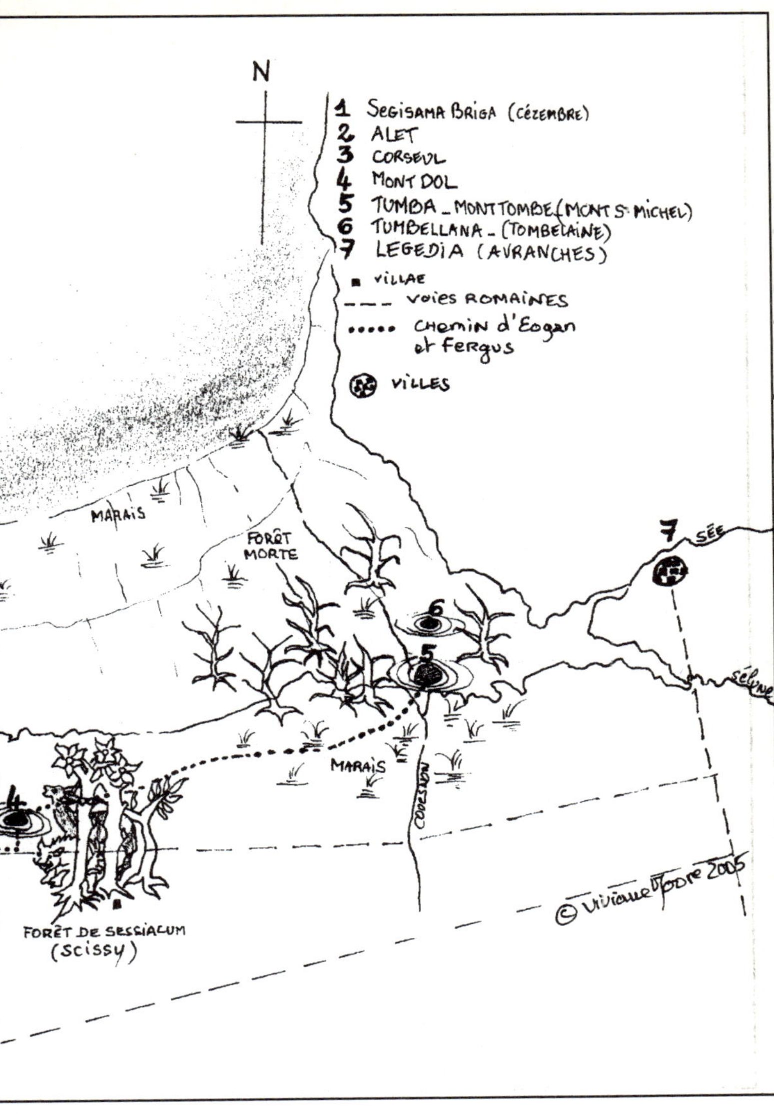
N
1 Segisama Briga (Cézembre)
2 Alet
3 Corseul
4 Mont Dol
5 Tumba _ Monttombe (Mont S. Michel)
6 Tumbellana _ (Tombelaine)
7 Legedia (Avranches)
villae
voies romaines
chemin d'Eogan et Fergus
villes
Marais
Forêt morte
Sée
Sélune
Marais
Couesnon
Forêt de Sessiacum (Scissy)
© Viviane Moore 2005

Au lecteur qui ouvre ces pages,

Vous êtes en 420, sur le seuil d'une histoire oubliée, dans un monde, celui des Celtes, différent de tout ce que vous connaissez[1]. C'est le « dark age », l'âge obscur, une période qui s'étendra sur près d'un demi-millénaire.

Au moment où commence ce livre, nous sommes en Armorique, passant de l'île de Cézembre (*Segisama Briga*) à Alet puis à la légendaire forêt de Scissy (*Sessiacum*), au Mont-Dol et à ce qui deviendra plus tard le Mont Saint-Michel.

Les dernières légions romaines, les Martenses installés dans l'enceinte fortifiée d'Alet, quittent le pays pour aller combattre sur les frontières de l'Est.

L'empire romain à peine libéré des Wisigoths, affronte Burgondes, Alains et Vandales sur les rives du Rhin et du Danube. Les Huns envahiront bientôt la Gaule.

La religion chrétienne est devenue religion officielle, les Chrétiens bâtissent leurs églises sur les anciens sanctuaires.

En ces temps difficiles, druides et druidesses, descendants du Dagda, le dieu druide maître des éléments, savent que la fin de leur temps est venue et se préparent à disparaître.

La porte est entrebâillée...

1. Le lecteur trouvera en fin de volume, plusieurs annexes pour le guider dans son exploration du monde celte.

# Chapitre 1

*« Mog Ruith se mit à souffler sur la colline. Aucun guerrier du Nord ne pouvait se tenir dans sa tente tant la tempête était forte (...) Tout en soufflant sur la colline Mog Ruith dit ces paroles : Je tourne, je retourne... La colline disparut alors, enveloppée dans des nuées noires et dans un tourbillon de brouillard. »*

Le siège de Druim Daghaire. Ed. M.L. Sjoestedt.

# 1

Constellée de coquillages, d'algues et de coraux, la carapace brune émergea contre la coque. La tortue les suivait depuis Môna. À chaque fois qu'elle s'enfonçait dans les profondeurs, Eogan pensait qu'il ne la reverrait plus mais elle réapparaissait toujours dans un bouillonnement d'écume.

Combien de nuits y avait-il eu depuis leur départ ? se demanda-t-il en l'observant fasciné. Une, dix, trois ? Il n'aurait su le dire. La bête souffla, ses yeux et son bec d'oiseau émergeant de la vague. Une des nageoires heurta la main qu'il laissait traîner dans l'eau glacée. Assis au pied du mât, Fergus saisit sa harpe, répétant l'incantation divinatoire du druide-poète Amorgen :

« *...Jaillissement de poissons, poissons sous la vague comme des nuées d'oiseaux, mer rude. Grêle blanche avec des centaines de saumons, de larges baleines, jaillissement de poissons, mer poissonneuse.* »

La mélancolie de son compagnon ramena Eogan à ses souvenirs. Il revoyait les druides alignés sur la grève et à l'écart, la silhouette solitaire de Deirdre. Le curach s'était éloigné et pendant un moment avait hésité, louvoyant à neuf vagues du rivage, sa voile faseyant sous l'effet de vents contraires.

Enfin, un souffle glacé avait gonflé la toile. Ils avaient plongé vers l'horizon. Sur cette frontière qui recule, le froid était intense, les flots de la couleur du fer. Arrachées des abîmes, de longues algues brunes recouvraient l'océan. Des baleines plus hautes que des collines passaient, coiffées de nuées d'albatros.

Entre ciel et mer s'était étiré un arc-en-ciel dont ils avaient frôlé le pied avant de réaliser que déjà *Aremoricae*, « *Qui fait face à la mer* », l'Armorique était proche. Elle se devinait aux bois flottés, aux affleurements couronnés d'écume blanche, aux corbeaux qui, d'un coup, étaient apparus au-dessus d'eux.

Eogan se tourna vers son ami.

— Tu sens ces odeurs ? demanda-t-il. J'ai déjà le goût de la terre sur les lèvres.

Le Rouge acquiesça mais il était ailleurs, le regard tourné en lui-même. Son épaule blessée ne le faisait plus souffrir, mais une autre douleur avait envahi son âme depuis qu'il avait laissé Deirdre derrière lui.

Conduit d'une main ferme par le marin gallois qui les avait menés jusque-là, le curach monta à la lame et s'enfonça dans la brume. Le ciel s'effaça, le monde devint opaque et gris.

Eogan se remémora leur dernière soirée à Môna, la discussion avec Deirdre et Fergus[1]. « *J'ai à vous parler* », avait-il dit en les invitant à le rejoindre près du feu.

Les jeunes gens s'étaient assis et il leur avait conté la terrible apparition de sa mère Aifé au-dessus des marais de Froide Lune. Il leur avait révélé ses origines, avait dit que lui, Eogan le Sombre, était le fils de la belle Aifé et d'Oengus à la lame d'argent, le druide déchu. Les paroles de Myrrdin réson-

1. Voir le second volume de la Trilogie Celte : *Par la vague*.

naient encore à ses oreilles : « *Trouve ton père* », avait dit l'enchanteur en lui enjoignant de calmer la colère qui le dévorait, « *et avant de faire couler le sang, écoute-le.* »

— Myrrdin, avait ajouté Eogan, m'a annoncé qu'Oengus se dirigeait vers l'Armorique.

— Nous allons donc reprendre la mer, avait enchaîné Fergus.

— Tu sais que tu peux renoncer, avait rétorqué Eogan.

Le Rouge avait secoué la tête :

— Tu connais les paroles de Gwydion, « *Nous sommes les doigts d'une seule main.* » J'ai juré d'aller où tu iras, même s'il faut pour cela combattre les Fomoire. Pourtant...

Le jeune géant s'était interrompu. Et ce trouble, cette hésitation, ne lui ressemblait pas.

— Pourtant ? avait insisté Eogan.

— Pour la première fois, mon frère de sang, mon ami, avait murmuré le jeune homme, il m'en coûte.

Eogan savait que ce n'était pas le courage qui manquait à Fergus. Mais que son amour pour Deirdre était tout aussi puissant. Deirdre qui, jusque-là, s'était tenue en retrait les avait interrompus :

— Moi aussi, Myrrdin m'a annoncé mon destin :« *Un long voyage sur un gué de peur, sur la plaine blanche du savoir, un long voyage solitaire...* » J'irais là où le soleil se cache pendant un temps inférieur à une heure durant trente jours.

Les deux jeunes gens connaissaient le lieu qu'elle nommait ainsi. Les îles au Nord du Monde où ils devaient ramener le glaive de Nuada dérobé par Oengus. Ces îles dont ils s'éloignaient chaque jour davantage.

Fergus avait voulu protester, Deirdre ne lui en avait pas laissé le temps et avait repris avec fougue :

— Plusieurs druides du sanctuaire de Môna partiront avec moi. Le voyage est long et rude, seuls des bateaux à rames peuvent retourner vers le pays des étés sans nuit et des hivers sans jour. Cinq embarcations sont déjà prêtes, il nous en faudra une sixième. D'Irlande et d'Alba partent d'autres druides, nous serons nombreux...

Le Rouge avait grimacé et ce n'était pas dû à sa blessure à l'épaule.

— Pourtant, avait-il déclaré, si l'on en croit Myrrdin, tu seras « solitaire » et tu iras sur le gué de la peur...

Elle ne répondit pas, mais lui tendit la main.

À ce moment-là, Eogan avait essayé, en vain, d'imaginer ce qui les attendait tous trois. Il voyait sans pour autant l'accepter venir la fin de leur monde, mais n'arrivait pas à se servir de son art pour prédire leur sort. Comme si elle avait saisi l'angoisse qui le taraudait, Deirdre avait esquissé le geste complexe de l'*Imbas Forosnai*, la science qui illumine. Ses yeux s'étaient voilés, sa voix n'était plus sa voix quand elle leur avait annoncé, détachant chaque syllabe :

— *« Au péril de vos vies, les neuf magiciennes, vous croiserez. Par le vent d'Alet, serez menés. Par le molosse d'Épire pourchassés. Au Mont-Dol, par le feu de Gwen, guidés. Au Mont Tombe, trouverez ce que vous cherchez. Avec le Fils de la Vague, franchirez le gué de la peur et aborderez au rocher brillant sur la plaine d'argent... »*

Puis son regard de nuit s'était levé à nouveau vers eux. Ils étaient restés silencieux sous le choc de sa prédiction.

— Je vous y attendrai, avait-elle enfin ajouté.

— Par Goibniu, le dieu forgeron, avait murmuré Fergus si bas que seule Deirdre l'avait entendu, ce jour-là, rien ni personne ne se mettra en travers de mon chemin. Ce jour-là, que tu le veuilles ou non, tu seras mienne.

## 2

Comme par enchantement, la brume se déchira. L'eau était d'une transparence de glace. Ils approchaient d'une île surmontée de collines jumelles. Une île aux falaises déchiquetées, couvertes de buissons d'épineux et de chênes verts aux troncs tordus par les tempêtes, sur une longue grève de sable blond, un sommaire ponton de bois, pas trace d'habitation, ni d'habitants.

D'un coup, la tortue qui les avait suivis fit demi-tour et disparut, pour ne plus revenir.

— Où nous as-tu donc menés ? demanda Eogan en se tournant vers le marin. Je ne vois rien là qui ressemble à ce que m'a décrit le haut druide. Ne devais-tu pas nous conduire vers le port d'Alet ?

Le Gallois hocha la tête. C'était un homme large et court comme une barrique, la peau ravinée par le sel et le froid, la tignasse drue. Il n'avait pas dit mot de la traversée, s'absorbant dans sa navigation, ses yeux noirs plissés par la concentration.

— Réponds ! ordonna Eogan.

— Là où je devais vous mener, ô druides. Llydaw, la *« terre en longueur »* est proche, lâcha l'autre d'une voix cassée. Je vous attendrai au large autant de nuits qu'il faudra...

Il avait à peine achevé sa phrase que le vent tomba. Le Gallois laissa courir le curach sur son erre. Ils parcoururent encore une dizaine de pieds, puis s'arrêtèrent, butant sur un obstacle. Le marin jura. Malgré l'absence d'écueils, de forts remous agitaient la coque. Tout autour d'eux, la mer scintillait. Par endroits, des éclats de lumière jaillissaient au-dessus de la surface, si rapides et brillants qu'ils semblaient illusion plutôt que réalité.

Eogan se pencha. Des centaines, des milliers de poissons aux reflets métalliques encerclaient l'île, formant un anneau d'argent dans lequel ils se trouvaient pris comme dans une nasse.

— Tu n'as pas répondu à ma question. Quelle est cette île protégée par les habitants des profondeurs ?

— Elle est interdite aux hommes, marmonna le Gallois.

— Nous sommes des hommes ! s'écria Fergus que les réponses de l'autre commençaient à échauffer.

— Non, vous êtes des sacrés. (Puis, plus bas). ELLES ne vous toucheront pas.

— ELLES ? Qui ça ELLES ?

Le Sombre posa une main apaisante sur le bras de son ami.

— Laisse ! fit-il. Je crois avoir compris.

Il se remémorait le début de la prédiction de Deirdre. « *Au péril de vos vies, les neuf magiciennes, vous croiserez.* » Il désigna l'îlot rocheux et demanda :

— C'est la demeure des neuf magiciennes ?

Le marin jeta des regards inquiets autour de lui, comme si le simple fait d'évoquer ces créatures pouvait les faire apparaître. Il fouilla sous une bâche et en sortit une besace de cuir qu'il leur tendit.

— Je vous ai préparé de quoi...

— Regarde ! s'exclama Fergus au même instant. Les poissons s'apaisent. Ils nous laissent passer.

La mer était redevenue lisse. L'anneau d'argent s'était entrouvert. Le marin appuya vigoureusement sur sa rame pour gagner le ponton. Les druides jetèrent leurs sacs sur le plancher de bois et enjambèrent le plat-bord. L'homme s'empressa de faire demi-tour, repassant à la hâte le cercle des poissons gardiens qui déjà se refermait.

Le bouillonnement reprit, plus intense. Le curach grinçait, sa coque heurtée de toute part. Le Gallois déploya la voile. Un souffle de tempête l'entraîna vers le large. Puis le calme revint. Les jeunes gens avaient gagné le rivage, courant en se protégeant les yeux des tourbillons de sable qui balayaient la grève déserte.

Au loin, se balançait l'embarcation de cuir tanné et de bois d'aulne. Le marin gallois jeta son ancre flottante et s'assit, s'enveloppant dans une bâche goudronnée pour se protéger du froid et des embruns. Pour lui, l'attente commençait. Le haut druide de Môna lui avait dit de rester quoi qu'il arrive. Il obéirait. Il avait toujours obéi aux sacrés. Ses yeux s'étrécirent, son souffle se fit plus lent. Il veillait.

— S'il savait que nous venions ici, pourquoi le haut druide ne nous a-t-il pas enseigné les chants du voyage ? Pourquoi ne nous a-t-il rien dit ? demanda Fergus.

Ils s'étaient abrités du vent, au pied de la falaise. Le Sombre chassa le sable de son épaisse chevelure et fit signe à son ami d'écouter. Malgré les bourrasques une longue plainte se faisait entendre. Un gémissement qui aurait pu être animal ou humain, et ne l'était pas. Cela venait de leur gauche.

— Tu penses comme moi ? murmura Fergus.

— Oui. Celui ou celle qui le produit nous signifie sa colère. Tous prennent peur quand Cuchulainn présente le côté gauche de son char. Deirdre nous a prévenus. Nous croiserons les neuf magiciennes « *au péril de notre vie* ».

Ils repartirent, suivant une sente qui menait vers le haut de la colline. Plus ils avançaient, plus le râle devenait clameur. Leurs oreilles bourdonnaient. Une douleur sourde leur cognait le crâne.

— Je n'aime pas cet endroit, maugréa Fergus, portant la main à la garde de son coutel.

— Je ne pense pas qu'une arme soit utile, lâcha Eogan qui avait remarqué son geste.

L'herbe rase et les feuillages des chênes verts étaient encore humides de la froidure de la nuit. Il n'y avait pas d'oiseau, pas trace non plus de lièvres ou de renards. L'île était nue, vide de toute présence.

Apparemment.

Ils débouchèrent au sommet de la colline et une rafale de vent les frappa si fort qu'ils tombèrent à genoux, le souffle coupé.

Devant eux, dans un étroit vallon, se dressaient des bâtiments en ruine. Il y avait là neuf maisons de bois flotté, de pierres sèches et de roseaux érigées en cercle et, au centre, ce qui avait dû être un temple protégé par un fossé et un talus.

Une trompe de bronze était fixée sous un auvent et c'est elle que le vent actionnait, émettant ce long et plaintif gémissement.

— C'est abandonné et ce n'est pas récent, remarqua Fergus.

— Ou alors elles nous sont invisibles, protégées par un *feth fiada*, un brouillard magique... Le jeune druide s'interrompit. Le vent était tombé et pourtant le mugissement s'amplifiait. La trompe marchait toute seule.

Ils se regardèrent, puis descendirent vers la demeure des magiciennes. D'un bond, Eogan passa le fossé puis le talus et s'arrêta à l'entrée de ce qui avait été l'enceinte sacrée. Les murs étaient intacts mais il n'y avait pas de toiture.

Fergus se tourna vers son ami :

— Ne vois-tu rien ?

Eogan, qui avait fait le geste du *dichetal do chennaib cnaime*, l'incantation par le bout des os, tendait les doigts vers le village :

— Je vois rouge, je vois très rouge.

Il n'ajouta rien.

— On dirait que c'est inachevé, remarqua Fergus. Il y a

des bottes de joncs toutes prêtes, des poutrelles de bois aussi. Où sont passées les neuf magiciennes ?

— Par la lance de Lug, s'exclama son ami, ne sois donc pas si pressé de les rencontrer ! Cet endroit transpire la peur et le sang.

Le jeune homme se pencha pour ramasser une pièce de monnaie à demi enfouie dans la terre.

— Un denier romain...

— Et si la légion romaine les avait massacrées comme cela s'est passé sur Môna ?

— Non... il y a autre chose.

La présence des magiciennes était partout : l'anneau d'argent des poissons gardiens, la trompe qui mugissait sans l'aide du vent, ce voile rouge devant toute chose. Tout cela ne pouvait être que si la magie était toujours vivante.

— Continuons, fit-il.

Ils reprirent leur marche, mais ne trouvèrent rien d'autre que le cadavre échoué d'un dauphin et quelques squelettes d'oiseaux fracassés sur les rochers.

— N'y a-t-il donc que de mauvais présages ? grommela Fergus. Et si nous repartions ? Faisons signe au Gallois. Il n'y a personne d'autre ici que le vent.

— Je n'en suis pas si sûr.

— Que faire alors ?

— Continuer à chercher et si nous ne trouvons rien, attendre. N'oublie pas que nous sommes toujours fils d'apprentissage et que c'est là l'enseignement voulu par les nôtres.

Eogan regarda le ciel qui déjà s'obscurcissait.

— Il faudra nous trouver un abri pour la nuit et de quoi faire un feu.

Fergus allait protester, mais un bref coup d'œil vers son ami l'en dissuada. Quand le Sombre avait cet air-là, rien ne servait d'insister.

## 3

La nuit était tombée d'un coup comme un cormoran d'une falaise. Les deux amis étaient revenus vers le vallon. Sur la mer brillait le feu du curach.

Eogan prépara les litières. Fergus, les bras chargés de brandes de bruyère, de mousse et de petit-bois, s'agenouilla à l'abri du vent. Il plaça écorces et amadou au creux d'un cercle de pierres et sortit de sa bourse un mince étrier de métal et un silex. Patiemment il les frotta l'un contre l'autre jusqu'à ce qu'une étincelle jaillisse. Il ajouta du bois. Bientôt, les premières flammes montèrent.

— Je suis toujours mieux à terre que sur ces peaux de moutons qu'on nomme curach ! s'exclama-t-il avec bonne humeur. Et si nous regardions le contenu de la sacoche donnée par notre ami gallois ?

Eogan rejoignit son ami, sortant du sac de cuir une fiole de vin herbé, de la viande séchée, des galettes et des fromages de chèvre en quantité suffisante pour plusieurs jours.

— J'ai assez d'appétit pour dévorer un taureau debout avec ses cornes ! fit le Rouge en saisissant un morceau de viande qu'il dévora à belles dents.

Le froid était piquant. Ils se rapprochèrent du feu, rabattant leurs capuches. Fergus sortit sa gourde d'hydromel.

— Tu en veux ou tu préfères la boisson du Gallois ?

— Garde ton hydromel, le vin m'ira très bien, dit Eogan en portant la fiole de vin à ses lèvres et en faisant la grimace. Il est plus âpre que le nôtre !

— Je te l'avais dit. Les Gallois aiment le vin d'ortie.

— Demain, déclara Eogan, il nous faudra trouver de l'eau douce.

— Tu as donc toujours l'intention de rester ? Parce que moi...

— Nous devons attendre.

Le ton était sans réplique. Le Rouge contempla le hameau abandonné sur lequel le feu dessinait des ombres dansantes puis son regard s'égara vers le large, où, ballottée par de hautes vagues, la petite flamme du curach montait et descendait.

Cette vision le ramena à Deirdre. Il l'imagina, pâle et glacée, flottant au-dessus de gouffres marins. Loin, si loin de lui. Au Nord du Monde.

Avant de quitter Môna, il l'avait serrée dans ses bras. Pour la première fois, elle ne l'avait pas repoussé. Cela l'avait rempli de joie mais aussi d'une profonde et terrible mélancolie. Elle l'acceptait enfin, alors qu'ils se séparaient pour, peut-être, ne jamais se revoir.

Les flammes montaient vers un ciel troué de centaines d'étoiles. Fergus ôta la peau de loutre qui protégeait sa harpe et, l'instrument calé sous son bras, répéta l'appel du dieu druide Dagda :

*« Que vienne Dur-Dabla,*
*Que vienne Coir-Cethar Chuir,*
*Que vienne l'été, que vienne l'hiver,*
*Bouches de harpes et sacs et cornemuses. »*

Puis il laissa courir ses doigts sur les cordes. Eogan mêla sa voix à la sienne. Ils chantèrent Tara la lointaine, la quête de l'épée de Nuada, les îles au Nord du Monde où les attendait Deirdre. Leur chant monta, s'amplifia. La voix grave et profonde de Fergus, celle d'Eogan, haute et claire. L'écho ricocha de rochers en rochers. Enfin, plus tard, bien plus tard, Fergus rangea sa harpe.

Cachée par les nuages, la lune ne jetait plus qu'un halo blafard sur le village abandonné.

— Nous prenons des tours de veille ? demanda Fergus.

— Oui. Toi, le premier.

— Tu crois...

— Je ne crois rien, le coupa son ami. Je n'oublie pas le danger contre lequel Deirdre nous a mis en garde !

Et sur ces mots, Eogan s'enroula dans sa cape. Il s'endormit aussitôt, ouvrant la porte des rêves. Fergus s'assit en tailleur son coutel sur les genoux, les yeux fixés sur les ruines.

L'attente commençait.

## 4

Des silhouettes blêmes dansaient autour d'Eogan. Robes pâles et longs cheveux. L'une d'elles se pencha vers lui, murmurant à son oreille des mots qu'il ne comprit pas. Puis tout s'effaça. Tourbillons de sable sur la grève, brume, ombres sur les vagues. Il rêvait et son rêve ondoyait, se déformait, se tranchait, puis se reformait.

Eogan regarda ses jambes, elles étaient devenues des serres. Ses bras et ses mains avaient disparu. Il était plumes noires, œil jaune, bec et griffes. Il était corbeau. *Bran. Bodb.* Connaissant le passé et l'avenir. Oiseau sacré, attribut du dieu Lug. Le temps du rêve était revenu.

Il déploya ses ailes et monta vers la lune. Il survola l'océan, le curach où somnolait le marin, plana sur l'île, effleurant Fergus au passage. Enfin, il se posa sur le toit d'une des neuf maisons, ébouriffant son plumage.

Une bourrasque se leva. L'île et la mer alentour se couvraient de brouillard. Le corbeau attendit, fixant le temple de son œil jaune.

Le temps d'avant venait à lui. Le passé et le présent ne faisaient plus qu'un.

Eogan voyait se dérouler la longue histoire du sanctuaire, ses reconstructions, les tempêtes, les incendies, les neuf magiciennes dans leurs chaumières, l'arrivée des Romains et des nouvelles croyances.

L'oubli peu à peu, et la vieillesse. La plus jeune nouant ses cheveux gris. Plus d'offrandes sur les barques rituelles, plus personne sur le rivage pour s'accoupler avec elles.

Pourtant les rituels restaient les mêmes. Comme chaque année avant Samain, elles devaient reconstruire le toit de leur temple avant la tombée du jour.

Le corbeau cilla et la vision se précisa.

Les vieilles femmes portaient les fagots de joncs et les poutrelles. Comme tant d'autres avant elles, elles répétaient les gestes et disaient les paroles sacrées. Si l'une d'elles venait à trébucher ou à laisser tomber sa charge, la mort l'attendait, inéluctable.

C'était ainsi depuis bien des nuits et jamais, il n'en fut autrement, sauf cette année-là... Etait-ce le temps qui s'écoula plus vite ? La fatigue et l'âge qui engourdissaient leurs membres ? L'oracle l'avait prédit. La nuit s'engouffra par la toiture béante. La lune éclaira l'intérieur du temple de sa lueur blafarde. La vision s'évanouit dans la brume du temps. Le village était à nouveau vide.

Le corbeau s'envola et se posa sur le corps d'Eogan.

## 5

Fergus ouvrit brusquement les yeux et se dressa sur sa couche. Les premières lueurs de l'aube éclairaient le campement. Le feu s'était éteint, et il était seul. Il se secoua, mal à l'aise, avec l'impression désagréable d'être épié. Le souvenir du corbeau qui l'avait frôlé pendant sa veille lui revint. Mais il avait dû rêver, il n'y avait nul oiseau sur l'île, il n'y avait rien. Rien que le souvenir des magiciennes.

Il rassembla ses affaires, dispersa les cendres et monta d'un pas vif vers le temple. Eogan n'était nulle part. Il attendit un moment, hésitant à appeler ou à sonner de la corne. Un lourd silence régnait. Un silence qui fermait les lèvres. Le vent s'était tu et même la trompe restait muette. Il reprit son chemin, s'agenouillant parfois pour repérer les traces du passage de son ami sur les affleurements de terre entre les roches.

Çà et là flottaient des nappes de brume. Le froid en ce début de matinée était intense. Un sentiment de danger grandissait en lui. Il se mit à courir ne s'arrêtant que pour regarder autour de lui. Du haut d'un promontoire il aperçut un banc d'alluvions qui reliait l'île à la côte. De l'autre côté du bras de mer, loin et proche à la fois, une haute tour au sommet de laquelle brûlait un feu. Alors qu'il la contemplait, un infime craquement se produisit derrière lui. Il se retourna d'un coup, le couteau à la main, mais la lande autour de lui, était vide. Il jura et repartit. Enfin, au bout d'un moment, il aperçut Eogan.

Celui-ci, debout, fixait quelque chose à ses pieds.

Son ami avait trouvé les neuf magiciennes. Dans une large et profonde fosse. Neuf squelettes aux os blanchis par les vents et les pluies. Neuf corps décapités, la mâchoire inférieure détachée, les crânes posés à côté des pieds. Une fusaïole de tisserande pour chacune d'elles.

Au loin, la trompe soufflait à nouveau.

À nouveau le sentiment d'être observé. Fergus regarda par-dessus son épaule et, pour la première fois, aperçut une silhouette noire et immobile, armée d'une longue lance.

— Eogan ! murmura-t-il. Nous ne sommes pas seuls.

— Sans doute pouvaient-elles couper le fil de la vie ? fit Eogan qui détaillait le contenu de la tombe.

— Il y a quelqu'un ! insista le Rouge.

Le jeune druide parut enfin comprendre. Mais il n'y avait plus rien que des roches nues, l'autre avait disparu.

## 6

Ils avaient en vain cherché l'homme puis étaient retournés près de la fosse.

— On leur a enlevé la mâchoire, remarqua Fergus.

— Ainsi elles ne parleront plus.

— Non et pourtant, en posant leurs têtes à leurs pieds, on voulait qu'elles voient le chemin de l'Autre Monde. Pourquoi sont-elles mortes ainsi ?

— Cette nuit, j'étais dans le temps du rêve. J'étais corbeau et je les ai vues. Chaque année, elles reconstruisaient la toiture de leur temple avant que ne tombe la nuit. La mort était leur dû si elles échouaient. Cela a dû être le cas, cette année-là.

— Les squelettes sont plus vieux que Belteine, observa le Rouge.

— Peut-être tout ceci a-t-il eu lieu alors que nous étions encore à Tara.

— Et pourquoi la tombe n'est-elle pas refermée ? Qui a exécuté la sentence ? poursuivit Fergus, réfléchissant à voix haute. Crois-tu que ce soit celui qui nous observait ?

— Celui qui leur a ôté la mâchoire voulait les empêcher de parler. Dans mon rêve, il était question d'un oracle prédisant qu'elles échoueraient. C'est sans doute lui que tu as aperçu.

Ils se turent, puis soudain Fergus déclara :

— Pourquoi ne s'est-il pas enfui ? Il y a une issue par voie de terre. Un banc d'alluvions qui relie l'île à la côte. Si les poissons gardiens l'empêchaient de quitter ce lieu, il pouvait partir à pied.

— Il doit y avoir d'autres sortes de gardiens de ce côté-là.

— Il est donc prisonnier.

— Oui, et si le haut druide de Môna nous a fait venir ici, je crois que c'est pour mettre fin à tout cela.

— Il y avait cette monnaie romaine près du temple, rappela Fergus. Tu ne crois pas que ce sont des Romains qui auraient pu...

— Pas avec un rituel comme celui-ci, rétorqua Eogan en désignant les squelettes. Non, je suis sûr que c'est un homme de magie qui les a tuées. Seulement il n'a pas fini son ouvrage, la tombe est restée ouverte et je voudrais comprendre pourquoi.

Comme en réponse aux questions qu'il se posait, un chant retentit au loin. Une voix aux accents rocailleux prononçant des paroles que déformaient le vent et la distance.

— Là-bas ! Regarde ! s'exclama le Rouge.

L'inconnu se dressait sur une butte. Il leva sa lance comme pour les défier, puis happé par une nappe de brume, disparut.

— Va à droite, nous allons le cerner, ordonna le Sombre. Et prends garde, nous ne savons ses pouvoirs !

Ils se séparèrent, courant en silence, leurs coutels bien en main, se répétant l'enseignement guerrier des magiciennes d'Ecosse.

D'un coup, Eogan aperçut le fuyard. Silhouette trapue vêtue d'une tunique brune, de braies de cuir, et armée d'une lance. L'homme filait droit vers la falaise, jouant du moindre repli de terrain, de la moindre arête rocheuse pour se dissimuler. Eogan accéléra. Il allait l'attraper. Il le tenait. Puis, d'un coup, alors que l'instant d'avant il l'apercevait encore, l'autre disparut. Devant le Sombre, il n'y avait plus qu'un à-pic rocheux et l'océan en dessous.

— Par Lug ! gronda le Sombre.

Il saisit sa trompe et sonna par trois fois. Un bref appel lui répondit. Fergus l'avait entendu.

— Où est-il passé ? demanda le Rouge en le rejoignant.

— Par là !

— Il a sauté ?

Eogan secoua la tête avec mécontentement.

— Il a peut-être les ailes de Bran.

— Il doit y avoir un passage, s'entêta Eogan qui s'était agenouillé pour examiner la terre où subsistait l'empreinte profonde d'un talon.

— Là, regarde ! s'écria le Rouge.

Une mince faille s'ouvrait entre les rochers.

— Reste, je vais voir ! s'écria Eogan.

Et avant que Fergus ait pu intervenir, il s'était engagé dans la crevasse, son couteau entre les dents.

Un moment passa, puis il remonta, en sueur malgré le froid.

— Il y a une corniche en dessous, dit-il en essayant de retrouver son souffle, mais si mince qu'il paraît impossible qu'un homme puisse y tenir.

— Tout ça c'est bon pour les oiseaux, pas pour les hommes, maugréa le Rouge après s'être glissé à son tour dans la faille. Tu risques de te tuer si tu passes par là. Nous n'avons qu'à attendre, la bête finira bien par sortir de son terrier.

— Non, celui-là est plus qu'un homme. Il se protège derrière un voile d'invisibilité et empêche nos paupières de s'ouvrir. Je crois qu'il y a plus de danger à l'attendre qu'à l'attaquer. Il faut en finir et repartir vers Alet.

— Rien de ce que je dirai ne te fera changer d'avis, je le sais, maugréa le Rouge.

— Tu as toujours ta corde ?

Fergus hocha la tête et quelques secondes plus tard, Eogan marchait sur l'étroite langue rocheuse. Il avait ôté ses bottes souples, enduit ses pieds et ses mains de poudre de pierre. Au-dessus de lui, Fergus, solidement campé, laissait glisser le filin qui les reliait.

De hautes vagues escaladaient la falaise et jaillissaient aux pieds du Sombre. À chaque assaut, le son roulait et cette résonance si particulière lui rappelait celle des tambours de guerre de Tara.

Le ciel si bleu quelques instants auparavant noircissait à vue d'œil, annonçant une tempête. Des bourrasques le faisaient vaciller. Loin en dessous, les écueils étaient des pieux prêts à l'empaler.

« Ne pas regarder en bas », se répétait-il tout en cherchant de nouvelles prises. D'infimes entailles, des blessures dans la chair rocheuse. Malgré la poudre, ses doigts glissaient. La pierre était humide d'embruns.

Il essaya d'invoquer Lug mais la même peur que jadis sur la falaise d'Iona le tenaillait. Une sensation de creux dans le ventre, de pesanteur aussi. Soudain, il était incapable d'avancer une main ou de lever un pied.

Une vague plus haute que les autres explosa avec un bruit de tonnerre sur la corniche devant lui, éclaboussant les parois, le noyant d'une eau glacée.

Il eut un mouvement de surprise. Ses doigts s'entrouvrirent et il bascula dans le vide. La mer montait vers lui à toute vitesse. La corde le bloqua d'un coup, lui broyant le torse, lui coupant le souffle.

Étourdi, il resta un moment à se balancer puis, par à-coups, sentit que Fergus le remontait. Une fois sur la corniche, il tira sur la corde, le signal indiquant que tout allait bien. Plaqué contre la paroi, le souffle court, il essaya de récupérer. Il pensa à la magicienne d'Alba qui l'avait initié à l'art de la guerre[1]. La guerrière aux pieds nus, la « Blanche », femme de sang et de magie. Celle qui lui avait enseigné la peur et son contraire. Il invoqua à nouveau Lug et, cette fois, sentit se calmer le bouillonnement de son sang.

— C'est moi que tu cherches ainsi au péril de ta vie ? l'interpella une voix.

De là où il se tenait, Eogan ne pouvait voir celui qui avait parlé.

— Dis-moi quel est ton nom ? répliqua-t-il. Et je te dirai si tu es celui que je cherche !

Ses forces et sa détermination revinrent d'un coup. L'autre était là, tout proche. Il allait le débusquer. Il reprit sa progression et, enfin, la corniche s'élargit. Il se tenait sur une plate-forme en surplomb au-dessus de l'océan, à l'entrée d'un boyau dont il ne pouvait voir le fond. Il défit la corde qui lui serrait la taille et saisit son couteau.

À nouveau la voix.

— Que me veux-tu ?

Cela venait de la grotte. Eogan ne répondit pas et se courba pour y pénétrer. À la lueur d'une torche plantée dans la paroi, il aperçut l'homme assis, lui tournant le dos. Sa lance posée à son côté. Le sol de la caverne était couvert de sable fin. Une litière de fortune, amas de branchages et de peaux de moutons, occupait un angle avec un coffre de bois et quelques amphores.

— Pourquoi les as-tu empêchées de parler ? demanda Eogan en s'approchant.

L'autre ne se retourna pas.

— Qui es-tu, toi qui poses cette question ?

— Je suis fils d'apprentissage, de recherche, de compréhension. Je suis Eogan le Sombre, fils de Aifé, petit-fils de Bronwen. Et toi, homme, quel est ton nom ?

1. Voir le second volume de la Trilogie Celte : *Par la vague*.

— Je suis celui qui annonce, répondit l'autre sans bouger. Celui qui sait la fin de toute chose. Je suis le cri des morts, ô fils d'apprentissage.

Eogan marqua un temps. L'homme n'était pas druide, mais oracle.

— Paix jusqu'au ciel, du ciel jusqu'à la terre, terre sous le ciel, force à chacun, le salua-t-il.

— *Un jour régneront seuls le feu et l'eau*, répondit l'autre. Viens t'asseoir près de mon feu, ô fils d'apprentissage.

Il n'y avait nulle flamme et le foyer qui était aux pieds de l'homme n'était qu'un tas de cendres grises et de bois noirci.

Le jeune druide prit pourtant place en face de son hôte. La torche éclairait un visage aux pommettes aplaties, des lèvres minces, des yeux aux pupilles dilatées. L'homme était souple et vigoureux et pourtant, un pan de sa chevelure drue et noire, avait pris la couleur de la neige.

— *Il y aura désolation*, reprit l'autre, *et la mer se retournera contre la terre*... Je dois quitter cette île, mais « elles » m'en empêchent. Vous devez m'aider. Vous le pouvez, ô fils d'apprentissage. Je l'ai vu, les Gardiens vous ont laissés passer.

Les yeux fendus le fixaient, attendant une réponse.

— Seulement si tu fais ce que tu dois, répliqua le Sombre.

L'autre devint livide. Les souvenirs du temps d'avant l'assaillaient à nouveau. Il protesta :

— Ma chevelure a blanchi cette nuit-là. Pourtant, elles n'ont pas crié, ne se sont pas débattues. Ma justice était la leur. Elles m'ont tendu le cou afin que j'y pose la hache, mais sous mon crâne, à chaque fois que l'une d'elles mourait, leur douleur devenait mienne. Une fois que tout a été fini, le bruit derrière mes oreilles était si insupportable que j'ai essayé de fuir l'île par la mer, mais les poissons gardiens ont mis ma barque en pièces. J'ai voulu passer par les bancs de sable mais les oiseaux du ciel m'ont assailli. Alors je les ai mutilées afin qu'elles se taisent.

— Pourquoi ?

— Si je replace les mâchoires, elles annonceront ma fin comme j'ai annoncé la leur.

— Cela est juste ! déclara Eogan.

L'homme se leva d'un bond.

— Je pourrais fuir, fit-il en saisissant sa lance. Je pourrais te tuer.

— Tu pourrais fuir, fit Eogan en se levant mais pas très loin et je te retrouverais. Tu pourrais me tuer, mais Fergus, mon frère de sang te retrouverait. Et, de toute façon, tu ne pourras jamais quitter cette île. Tu le sais bien, toi qui lis l'avenir.

Le Sombre, tout en prononçant ces mots, comprit la raison de leur venue dans l'île.

— Ta prédiction est accomplie, poursuivit-il. Il reste à entendre celle des neuf magiciennes. Rien ne doit plus les empêcher de partir en paix vers l'Autre Monde.

L'oracle secoua la tête mais le jeune homme sentit que quelque chose en lui se résignait. Il reposa sa lance et se mit à marcher de long en large dans la caverne marmonnant des mots incompréhensibles.

Le Sombre attendit. Au bout d'un moment l'autre se planta en face de lui.

— Qu'il en soit ainsi !

## 7

Une fois la fosse refermée, les trois hommes étaient retournés sur le ponton attendre le curach qui manœuvrait pour les rejoindre. La trompe s'était tue. Ils avaient aperçu un renard. Au-dessus d'eux planaient des goélands. La vie revenait.

— Quel est le nom de cette île ? demanda Eogan.

— *Segisama briga*. C'est la plus haute terre au-dessus de la mer, dit rapidement l'oracle avant de répéter d'une voix plaintive : les poissons gardiens ne me laisseront pas passer.

— Vois les oiseaux, fit le Sombre en désignant le ciel. Les neuf femmes marchent maintenant vers l'Autre Monde. Elles sont en paix.

— Non, gémit l'autre.

— Tu es le seul à avoir entendu leurs voix. Tu sais donc mieux que nous quel sort elles t'ont réservé.

L'homme se tordit les mains. Il avait replacé une à une les mâchoires des femmes en murmurant leurs noms comme une litanie.

— Elles sont restées muettes, observa-t-il lugubrement. Je ne sais rien. Je ne vois plus rien. Je ne sais pas ce qu'elles me réservent.

— C'est peut-être là ta malédiction, conclut Eogan.

Le curach approchait. Le cercle d'argent s'était ouvert devant son étrave. La mer était aussi translucide que la glace des montagnes d'Irlande. De longues algues suivaient les mouvements de la houle et s'enroulaient autour des piliers du ponton.

Le regard d'Eogan se voila et le temps s'étira.

— Une nuit, dans bien des siècles de trente ans, prophétisa-t-il, des hommes de prière viendront à nouveau s'établir ici. Ils salueront le nouveau dieu. Celui dont le signe est le poisson. Puis, à leur tour, ils déserteront *Segisama briga,* la laissant aux oiseaux du ciel et aux herbes folles.

La barque accostait et le marin leur lança un filin.

— Content de te revoir, le Gallois ! s'écria Fergus avec bonne humeur. Et crois-moi c'est la première fois que je suis heureux de quitter une terre pour un curach !

L'homme ne répondit pas. Il fixait l'oracle qui s'apprêtait à enjamber le plat-bord.

— Nous ne pouvons pas le prendre ! protesta-t-il.

— C'est pourtant ce que nous allons faire. Montez ! enjoignit Eogan à l'oracle.

Celui-ci obéit et se plaça à l'avant.

— Allons-y ! ordonna le Sombre au marin qui ne semblait pas pressé de quitter le ponton. Sois tranquille, les poissons ne nous feront rien. Mène-nous à Alet. Si Lug le veut nous y laisserons l'oracle.

À force de rames, le curach quitta le rivage et fila vers l'anneau des gardiens. Des milliers de poissons s'y croisaient formant les mailles d'un inextricable filet. L'embarcation s'immobilisa, sa coque heurtée de toutes parts.

L'oracle leva les mains en signe de paix. Un frémissement parcourut l'anneau, mais les poissons se pressaient toujours contre la coque. Alors l'homme invoqua le pardon des magiciennes. Et au fur et à mesure de ses prières, l'anneau se disloqua.

Des bancs entiers l'abandonnaient. C'était comme de voir un tissage se défaire, des nuages s'effilocher. Bientôt, il ne resta plus que quelques poissons égarés qui finirent, eux aussi, par disparaître.

— La magie quitte *Segisama briga*, murmura Eogan.

— Nous changeons de direction ! hurla soudain l'oracle.

Et, en effet, au lieu de poursuivre son chemin la proue du curach s'orientait vers le large.

— Que fais-tu...

Eogan s'interrompit, remarquant que le Gallois avait levé sa rame et qu'il n'était pour rien dans la manœuvre.

Le jeune druide échangea un regard avec Fergus. L'oracle s'était raidi et ses doigts serraient la membrure de bois. Une haute vague les souleva, les portant sur sa crête, puis une autre encore et ainsi neuf fois de suite.

La côte avait disparu. La mer était lisse. Le ciel avait la blancheur de l'Autre Monde. Un silence pesant s'étendait sur toutes choses. Un silence d'avant la tempête. Fergus se pencha par-dessus bord et recula d'un bond devant la gueule ouverte du poisson géant qui frôlait la coque. L'animal était plus long et large que leur embarcation. La mer se mit à bouillonner autour d'eux, laissant apparaître d'autres ailerons.

— Des mangeurs, s'écria le Gallois. Des mangeurs !

— Non ! répliqua Fergus qui avait observé bien des requins du haut des falaises de l'Ulster. Ceux-là sont bien plus grands. Ils ressemblent aux grands souffleurs.

Le marin secoua la tête. Il observait avec inquiétude les bêtes qui se rassemblaient autour d'eux. Elles étaient maintenant une trentaine à se croiser silencieusement sous leur coque. L'oracle était blême.

— C'est elles qui les envoient. Je les entends, hurla-t-il soudain en se mettant debout. Elles me parlent.

Le curach se mit à tanguer dangereusement.

— Asseyez-vous ! On va chavirer ! ordonna le marin.

— J'entends leur prophétie ! Je les entends ! répétait l'autre, les yeux exorbités.

Le curach tanguait de plus en plus. Soudain, avant qu'ils aient pu faire un geste, l'oracle se jeta à la mer. Il nagea un moment en hurlant des mots sans suite, puis l'une des bêtes s'approcha de lui. L'oracle s'accrocha au large aileron, se laissant entraîner. La bête tourna un moment autour de l'embarcation. Au fur et à mesure, le visage de l'homme s'apaisait.

Quand la bête plongea, il resta contre elle et s'enfonça vers les abysses, escorté par les silhouettes pâles des requins baleines.

Des bulles éclatèrent à la surface.

Puis plus rien.

Eogan eut l'impression que les bruits du monde revenaient un à un : le clapotis des vagues contre la coque, le cri des mouettes. La côte, toute proche, étincelait sous le soleil.

## Chapitre 2

*« Les fils de Mil se rendirent donc de Tara au port d'Inber Scene et ils s'éloignèrent en mer jusqu'à la distance de neuf vagues. Les druides d'Irlande les poursuivirent d'un vent druidique si bien que le sable fut soulevé du fond jusqu'à la surface de la mer. »*

Textes mythologiques irlandais.
Traduction : Christian-J. Guyonvazc'h.

# 8

L'éperon d'airain de la galère de combat fendait la mer. Derrière elle, toutes voiles dehors, venait un lourd bâtiment de transport. À leurs mâts, flottait l'étendard impérial, la croix soulignée du monogramme XP, du Christ.

Cela faisait maintenant plus de 60 jours que les deux navires avaient quitté Ostie à l'aube avec le souffle de la brise de terre. Ils avaient navigué de cap en cap, délaissant les rivages de la Méditerranée pour ceux de l'Atlantique, affrontant les tempêtes hivernales et les mers furieuses. Un fort vent arrière les avait poussés jusqu'à ce qu'ils soient au large de l'Armorique. Puis ils avaient ralenti leur marche. D'après les nombreux amers identifiés par le pilote, ils touchaient au but. *Aletum*. Alet. L'ancienne cité des Coriosolites. Port de mer et port fluvial à l'embouchure de la rivière Reginca.

Les soldats se rassemblaient sur le pont supérieur. Du haut de l'une des tourelles de combat, un homme enveloppé d'un long manteau ourlé d'or fixait l'horizon, le visage barré de rides soucieuses. Ancien préfet de Rome et poète, Rutilius Namatianus voyait basculer l'empire romain et la Gaule, attaqués par les Barbares. Ce monde qui disparaissait le plongeait dans de sombres réflexions. Il avait quitté Rome à regret et tout en même temps savait que sa place n'était plus là-bas mais bien dans son pays d'origine, la Gaule.

*« Legio expedita ! »* Garde à vous !

Sur le pont, les soldats s'étaient écartés devant le chef de cette singulière expédition : Flavius, tribun militaire, ancien lieutenant du général romain Aetius. Fin diplomate et soldat de valeur, il avait pour mission de confier le préfet aux bons soins de celui d'Alet et de rapatrier à Rome les fonctionnaires et leurs familles dès que les vents et les marées le permettraient.

La troupe des Martenses, cinq cents hommes d'infanterie et de cavalerie basés dans la ville armoricaine, partirait vers Condate, puis vers le front de l'Est.

Flavius gravit rapidement les échelons menant au sommet de la tour et rejoignit le préfet.

— Excellence ! le salua-t-il.

Rutilius Namatianus se retourna. Le militaire s'était incliné brièvement devant lui. Petit, trapu, la poitrine large, le tribun donnait au premier abord une trompeuse impression de force brutale, vite démentie par la vivacité de son regard. Le préfet qui s'était lancé dans l'écriture d'une relation poétique de leur voyage avait découvert en lui un lettré et un sage avec lequel il aimait s'entretenir. Ces longs jours de mer avaient lié les deux hommes plus sûrement que des mois dans l'entourage de Galla Placidia et de l'empereur Constance III.

— Oui, Flavius.

— Nous approchons du port d'Alet, excellence.

— De là, je gagnerai Condate, puis rentrerai enfin chez moi.

— Qu'allez-vous trouver ? demanda le soldat. Il n'est pas de jour sans qu'arrivent à Rome des nouvelles de la chute d'une cité. Vandales, Wisigoths et Huns dépècent les restes de notre empire.

— Sans doute la mort et la dévastation comme partout.

Mais là est ma place, conclut l'ancien préfet. Le soldat que vous êtes ne croit donc plus Aetius capable de contenir l'avancée des barbares ?

— Aetius est seul, excellence. Et sa puissance et sa gloire lui font ombrage. Je ne crois pas que Galla Placidia tolère longtemps l'une et l'autre.

— Vous ne parlez pas de Constance III ?

— Non, je l'ai connu alors qu'il n'était encore que le général Constantius. C'est un soldat de valeur, pas un politique. Le vrai pouvoir reste l'apanage de sa femme. Elle n'est pas pour rien la fille du grand Théodose 1$^{er}$. Et puis, un fils leur est né.

— Le jeune Valentinien.

— Galla Placidia en fera très vite un Auguste et elle continuera à régner comme elle le fait avec son époux.

— Vous êtes un fin observateur, Flavius, mais de telles paroles vous auraient valu plus que de la défaveur de la part de l'impératrice.

L'homme se tut un moment, les rides de son visage s'étaient creusées davantage puis il reprit :

— Je crois comme vous que tout cela finira dans le sang et le chaos. Les hommes comme Aetius meurent au combat... ou finissent assassinés dans une ruelle.

De haut de la grande vergue un guetteur signala le feu d'Alet. Le préfet changea soudain de ton :

— Je suis prêt, Flavius, mes affaires sont en ordre. Etes-vous déjà venu jusqu'ici ?

— Non, excellence. Mes batailles ne m'y ont jamais mené.

— Ce voyage par mer et nos longues conversations me manqueront, remarqua Rutilius Namatianus avant de détourner son regard, signifiant ainsi la fin de l'échange.

Le militaire redescendit sur le pont et se dirigea vers le

bec du navire. Les hommes s'inclinaient devant son manteau écarlate, insigne du commandement. La trirème ralentissait. Les marins avaient serré les voiles carrées et les avirons étaient sortis des tolets. Autour de la coque jouaient des dauphins.

La trompette sonna le rassemblement. Un officier salua Flavius. Les légionnaires, la *spatha* à la ceinture, le bouclier et le javelot en main, s'alignaient dans l'attente du débarquement. Autour d'eux le paysage avait changé.

La houle était forte. Des roches acérées, des îlots, des bancs de sable étaient sortis de la mer. La côte déchiquetée était éclaboussée d'écume.

Sur un signe du capitaine, les tambours résonnèrent. Seul le premier rang de rameurs plongea les avirons dans les vagues prenant la cadence de marche.

Les tambours se turent. On n'entendait plus que les ordres de l'officier de pont relayant les indications du pilote vers le timonier. Encouragés par les coups de fouets les esclaves souquaient sur le bois mort.

Flavius se plaça à côté du pilote. L'homme était tendu, les mains crispées sur le bastingage. Sur un de ses ordres, le sondeur, un jeune gaillard juché sur la proue, jeta à nouveau sa ligne. Le plomb s'enfonça loin devant le mufle de la trirème puis l'homme le ramena et annonça la profondeur du chenal.

Devant eux se dessinait ce qui paraissait être une large lagune cernée de remparts de sable. Des arbres et des roseaux, un fouillis de végétation blanchie par le givre descendaient jusqu'aux sables du rivage.

La lourde galère glissait entre écueils et bancs d'alluvions. Le pilote énumérait les passes et les obstacles :

— Isle Agot. Norput. Gouvernail à droite ! Remontez sur les Pierres.

Flavius écoutait, regardait, se gardant de l'interrompre. Soudain l'homme lui désigna une île aux sommets jumeaux :

— *Segisama Briga*. Ici, on l'appelle l'île des neuf magiciennes. Depuis toujours, elles vivent là, les vieilles ! Prenant parfois les hommes et ne les rendant pas. Mon grand-père a disparu à cause de l'une d'elles.

L'homme se tut. Le sondeur jeta à nouveau sa ligne. Ils avaient laissé derrière eux *Segisama briga*, s'engageant dans un long passage bordé de bancs d'alluvions. Le navire marchand avait lui aussi affalé sa voilure, calant ses manœuvres sur les leurs.

Le pilote reprit :

— Le banc des pourceaux, les Ouvras, les Herbues...

Devant eux s'ouvrait l'embouchure de la rivière Reginca. Sur la gauche se dressait un rocher que le pilote nomma :

— *Canalchius*. Gouvernail à droite.

Le *magister navis*, le capitaine du navire, les avait rejoints, suivant l'approche de la terre d'un œil soucieux.

Ils contournaient le promontoire d'Alet, rehaussé de murailles de briques et de tours carrées. À l'arrière, le timonier manœuvrait les rames gouvernails et le lourd bateau pointa son rostre vers le port d'échouage.

Des barques les entouraient, mais personne ne salua leur arrivée. Debout sur leurs esquifs, les pêcheurs les regardaient entrer dans la rade.

Flavius fixait le castellum dressé sur son rocher au milieu des vagues. En haut de sa tour ronde brillait le feu dont les hautes flammes étaient visibles à des milles au large.

Le pilote cria ses directives. Les rameurs inversèrent le mouvement des rames, ralentissant encore la trirème. Le capitaine hurla l'ordre de jeter l'ancre.

Le lourd crochet de fer passa par-dessus bord éclaboussant la coque avant de s'enfoncer dans l'eau transparente. L'ancre chassa un moment sur le fond, puis s'accrocha enfin.

La galère de combat s'immobilisa sur son erre, bientôt imité par le navire marchand.

— C'est miracle que d'être là, marmonna le capitaine. Nous autres, on n'aime pas naviguer pendant les mois noirs.

Comme la plupart des marins, l'homme était superstitieux. Il se signa, porta la médaille du Christ à ses lèvres et reprit plus haut :

— Notre pilote avait du mal à trouver ses amers et à discerner les étoiles. C'était folie de quitter Ostie à cette période.

— *Acta est fabula !* La pièce est jouée, dit la voix du préfet derrière lui. Notre pilote a trouvé les étoiles qu'il fallait. Nous devions y arriver. Et ce n'était pas folie puisque nous sommes là, capitaine.

Le ton était sec. Le visage du maître de bord s'empourpra. Il s'inclina devant le haut fonctionnaire romain et s'esquiva sans rien oser répliquer.

## 9

Flavius observait l'activité des pêcheurs dans la lagune, le mouvement des soldats sur les remparts, les couleurs de Rome flottant sur l'éperon rocheux.

Il entendit résonner l'appel lointain d'une trompette d'infanterie. Tout paraissait normal et pourtant, il ne se décidait pas à donner l'ordre du débarquement. Il trouvait l'endroit étrangement désert, dénué de vie. Il appela le pilote.

— Tu es d'ici, n'est-ce pas ? demanda-t-il.

— Oui, votre honneur, répondit l'autre, guère habitué à parler et à qui chaque mot semblait coûter.

— Sur mes tables, la lagune était plus petite et pas de la même forme.

— Oui, votre honneur.

Le sondeur les avait rejoints. Nullement intimidé, il déclara :

— Moi aussi, je suis d'Alet et je peux vous dire pourquoi c'est point pareil.

— Je t'écoute.

— Y'a eu un raz-de-marée. Il a emporté une partie du banc de sable. Du temps de mon grand-père, le castellum était relié à la ville et le port d'échouage était à sa gauche non à sa droite. Pas vrai ?

— Oui, fit le vieux. La mer bouge les terres, savez. Avant, le cordon de sable nous aurait empêchés de nous ancrer près de la porte principale.

— Quand es-tu venu pour la dernière fois ? demanda Flavius.

— Y'a bien longtemps, votre honneur.

L'homme sembla s'égarer un moment dans ses souvenirs puis marmonna :

— Je n'avais que du duvet au menton. À l'époque, j'étais sondeur comme lui.

— Où réside le préfet militaire ?

— Dans la *principia,* à l'abri de la grande enceinte, répondit le jeune gars.

— Maintenant écoutez-moi bien tous les deux, et prenez votre temps pour me répondre. Voyez-vous quelque chose de changé, ou d'anormal ?

Le visage sillonné de rides profondes du pilote se durcit. Les petits yeux noirs du sondeur scrutèrent le port puis la muraille comme, quelques instants auparavant, l'avait fait le tribun.

— Parlez ! les encouragea le militaire.

— Y'a pas beaucoup d'activité à la porte principale. Pas de charrettes sur la route, fit le jeune.

— Et les pompes ne marchent pas.

— Les pompes... Où ça ?

Le pilote désigna de la main un aqueduc et un vaste bassin de pierre au pied du castellum.

— Il y a là une source dont l'eau est amenée au bassin par l'aqueduc. Un tunnel relie ce bassin à un second plus profond. C'est là qu'est la machinerie. Plusieurs pompes.

— Grâce à elles, compléta le sondeur, on alimente la ville, le castellum et les bateaux en eau douce. Un escalier d'accès permet aussi de venir directement remplir les amphores dans le premier bassin.

— Quand je suis parti, ça marchait, reprit le pilote. Oui, pas âme qui vive. Même les pêcheurs sont pas nombreux. Et je vois pas d'enfants, ni de femmes.

Flavius avait déjà remarqué ces détails.

— Il y a de l'eau douce à l'intérieur des remparts ?

— Oui, mais c'est point aussi facile. Un seul puits creusé profond dans la pierre, par contre, rien d'autre sur le rocher du castellum. Ici, l'eau douce est profonde. Faut la chercher loin.

— Vulnérable donc, murmura le militaire, songeant à part lui, qu'une ville et un château défensif qui s'alimentent en eau à l'extérieur de leurs remparts sont condamnés.

Le pilote ne bronchait pas. Le sondeur continuait à observer les remparts.

— Ne voyez-vous rien d'autre ?

— Point trop de bateaux dans l'anse, mais la saison n'est pas bonne, reprit le pilote. Et je vois à l'échouage là-haut, une coque qui vient des îles Lenur.

— Les îles Lenur ?

— C'est des îles qui nous servent d'escales quand on remonte vers le Nord. De là où viennent les bateaux avec le plomb argentifère pour battre monnaie.

— Tu as l'œil exercé, l'homme, et tant mieux, sinon nous serions morts. Tu es un bon pilote. Maintenant, retourne à ton poste. Toi aussi, le sondeur. C'est à moi d'exercer mon regard.

Le sondeur s'éloigna de sa démarche chaloupée, le vieux ne fit pas tout de suite demi-tour, il hésita puis demanda :

— Pourrai-je aller à terre ? fit-il.

— C'est ton pays, l'homme, et si tu n'y es pas revenu depuis long, ils ne t'y reconnaîtront pas ! Mais oui, tu iras à terre et ton sondeur aussi. D'ici là, tiens-toi tranquille. Je peux encore avoir besoin de toi.

Une fois les marins partis, Flavius rejoignit l'ancien préfet qui, accoudé au bastingage, observait la lagune, l'embouchure de la rivière Reginca et la ville avec intérêt, y relevant sans doute la matière de ses prochains écrits.

— Je vais débarquer avec mes hommes, excellence, lui annonça le tribun. Puis j'enverrai une embarcation vous chercher. L'homme qui sera à bord devra vous remettre ceci de ma part.

Le militaire montra au préfet la médaille d'or qu'il portait au cou.

— S'il ne le fait pas, ne quittez pas la trirème. Faites sonner l'alerte et levez l'ancre. Il vous faudra trouver un autre endroit pour accoster et rejoindre les vôtres.

— De quoi vous méfiez-vous, Flavius ? demanda le préfet.

— De tout, excellence, c'est pour cela que je suis soldat... et non poète. Ni le pilote ni le sondeur ne quitteront le bord avant mon retour. Sans eux il vous serait impossible de repartir. Pour l'instant, nul n'ira à terre que mes légionnaires.

— Bien, Flavius. Je vous obéirai. Que Dieu vous accompagne !

Le militaire tourna les talons. Quelques instants plus tard, les premières embarcations chargeaient les soldats pour les mener vers la longue plage au pied du castellum.

## 10

La *principia* d'Alet, quartier général des troupes militaires romaines, était un vaste ensemble de bâtiments, au nord-ouest de la ville.

Il y avait là, non loin de la maison du préfet militaire, un prétoire avec une estrade, une cour de rassemblement entourée d'une galerie, de nombreuses pièces servant de dortoirs, d'infirmerie et de réfectoire, des écuries, une forge et un peu à l'écart un bâtiment long et bas, l'*ergastule*, lieu de travail et d'enfermement.

Dans la salle basse étaient entassés des prisonniers de toutes sortes : esclaves, légionnaires ayant fui au combat, barbares, vagabonds, étrangers faits prisonniers par l'infanterie ou la cavalerie romaine.

De la paille avait été jetée sur la terre battue. À travers les barreaux filtrait une faible lumière. Ils étaient une trentaine à se serrer là dans une odeur de crasse et d'urine. À cette heure, la plupart dormaient encore et les autres attendaient le maigre repas que les geôliers allaient distribuer. Il faisait un froid glacial et, par moments, l'un des détenus gémissait dans son sommeil ou se levait, marchant de long en large pour se réchauffer.

Dans un angle, à l'écart, serrés dans leurs épais manteaux de laine, étaient assis un homme et un enfant. Le premier, petit et mince, les traits tirés, regardait le second qui dormait, roulé en boule à ses pieds.

— Nous sommes bien loin de l'île des Prairies, murmura Oengus. Tu aurais dû rester avec Adeon. Il t'aurait enseigné et tu n'aurais pas risqué ta vie. Pourquoi me suis-tu, Dylan ?

Comme s'il avait entendu, le garçon ouvrit les yeux, et se redressa, ébouriffant d'un geste maladroit sa tignasse rousse. Un grognement inarticulé sortit de ses lèvres. Ses doigts étaient bleus et il souffla dessus pour les réchauffer.

— Je t'ai réveillé ? fit Oengus.

Dylan secoua négativement la tête. L'homme passa avec douceur sa main dans ses cheveux emmêlés.

— Te voilà à nouveau presque aussi maigre et sale que quand je t'ai rencontré, mon jeune ami.

Oengus repensa au terrible combat qui l'avait opposé au Balafré et à son curieux réveil dans les bras de cet enfant muet qui, depuis, ne l'avait plus quitté[1].

— Il faut que nous sortions d'ici ! reprit-il. Cinq jours que nous sommes prisonniers et qu'il arrive toujours d'autres détenus.

L'enfant arrondit les lèvres pour former un son étranglé qui voulait dire oui.

— C'est la peur qui les a fait nous jeter là, poursuivit Oengus. Par chance, ils ne nous ont pas fouillés.

La main du druide s'égara un instant vers l'archais de cuir rouge contenant l'épée de Nuada, le talisman des Tuatha dé Dânann qu'il s'était juré de mettre en sûreté.

— Les soldats ont raflé les clients de cette auberge sans même se demander qui ils ramassaient ni pourquoi. Ils craignent quelque chose, à moins que ce ne soit l'arrivée des Barbares.

L'enfant eut une mimique interrogative.

— C'est ainsi qu'on appelle les guerriers venus des *limes* de l'Est, des rives du Rhin et du Danube. Adeon m'a dit qu'ils avaient pris Rome d'assaut. Après avoir régné sur le monde, l'empire est en train de disparaître. Mais tout cela est bien compliqué pour toi. Tu as tant à apprendre.

Un homme aux cheveux gris s'adressa soudain à eux en gaélique.

1. Voir le premier volume de la Trilogie Celte : *Par le feu*.

— D'où viens-tu toi qui parles la langue ancienne ? Et qui est cet enfant muet ?

— Nous venons de la lointaine Irlande. Et toi, l'homme ?

— Je suis né sur l'île de Man.

— Je connais ton île mais tu es bien loin de chez toi.

— Je n'étais encore qu'un enfant quand des pirates, après avoir tué ceux de mon village, m'ont fait prisonnier. J'ai été « libéré » par les Romains qui ont fait de moi un esclave, puis m'ont affranchi.

L'homme se tut. Ses souvenirs l'avaient emmené bien loin dans le passé, ses yeux gris délavés contemplaient des paysages perdus, des visages familiers. Enfin, il reprit :

— Depuis quelque temps, les Martenses ont perdu la tête. Ils emprisonnent tout ce qu'il trouve, même les leurs.

Il y avait de l'amertume dans sa voix.

— Pourquoi ?

— Ils vont abandonner Alet. Les militaires partiront vers Condate puis vers le front de l'Est. Les fonctionnaires romains et les propriétaires de *villae* retourneront à Rome. Ils attendent des navires qui vont les mener jusque là-bas. Le préfet militaire d'Alet, Crassus Népos, est un homme faible et son lieutenant a de plus en plus d'emprise sur lui. Celui-là, il se nomme Ammien, mais on le surnomme le Grec. Il faut s'en méfier. Il a l'âme noire de la bête qui ne le quitte jamais. Il faut fuir cette prison. Ils vont nous pendre à cause de cette peur dont tu parlais tout à l'heure.

Au fur et à mesure de ce discours, le visage d'Oengus s'était assombri.

— Comment sais-tu tout cela ?

— J'ai été l'esclave de Crassus Népos avant qu'il ne m'affranchisse et que je ne devienne son serviteur puis son trésorier. C'est le Grec qui m'a fait emprisonner.

— Pourquoi cela ?

— Sans me flatter, j'étais un bon trésorier. Grâce à moi, mon maître est devenu riche. Le Grec prenait ombrage de l'attention qu'il me portait. Il m'a fait accuser de vol et hier soir, ils m'ont jeté ici avec vous.

— Quel est ton nom ?

— Yder.

— Tu dis qu'il faut fuir, Yder, mais connais-tu un moyen de sortir d'ici ?

— Oui.

— Parle !

— Le feu, murmura l'homme aux cheveux gris.

Oengus ne protesta pas. Son regard fit le tour de la salle, notant chaque détail : la paille sur le sol, les poutrelles de bois au-dessus d'eux, les murs de briques. Il observa ensuite les autres détenus. Ils étaient nombreux et il y avait danger à enflammer la prison. Mais c'était ça ou la pendaison.

— Ils ne nous ont même pas laissé un brasero pour nous chauffer la couenne ! Le seul problème, c'est d'allumer le feu.

Oengus secoua la tête.

— Tu n'es pas d'accord ? demanda Yder.

— Si.

— Et où trouveras-tu la flamme ?

— Ici, répondit Oengus en ouvrant ses paumes. Je te confie l'enfant, Yder. Et préviens ces hommes qu'ils se regroupent près de la porte et hurlent au feu quand je leur en donnerai le signal !

Yder acquiesça. Oengus s'était levé, écartant les pans de sa cape, laissant voir la petite roue de bois d'if donnée par Adeon, insigne de son rang.

— Tu es un druide, s'exclama Yder en se reculant d'un pas. Un sacré !

— Mon nom est Oengus. Oengus à la lame d'argent. Ne te souviens que de cela, l'homme !

Et sans plus s'occuper du Manxois, le druide commença

à rassembler de la paille dans un angle de la pièce. Yder, serrant la main de Dylan dans la sienne, alla de l'un à l'autre, le désignant du doigt, expliquant leur plan. Un ancien légionnaire s'approcha d'Oengus, lui proposant son aide, mais celui-ci le repoussa.

Il voulait être seul. Il avait déjà amassé une grande quantité de paille. Il lui fallait maintenant quelque chose de plus solide. Il rassembla les écuelles de bois ainsi que les bassines d'aisances dont il jeta le contenu.

L'un des détenus protesta, arguant que si le feu tournait mal, il n'aurait même pas d'eau pour l'éteindre. Oengus se contenta de le fixer et l'homme se tut. Il dégageait soudain une telle autorité qu'aucun ne songea plus à se mettre en travers de son chemin. Tous attendaient son signal.

Il s'agenouilla devant le monticule. Il se revoyait fils d'apprentissage faisant son premier feu, disposant les branches d'un bûcher de sorbier en trois côtés et trois angles, avec sept portes. L'enfant maigre et roux le regardait, fasciné, comme à chaque fois que celui qu'il appelait son « père » dans le silence de sa tête se préparait à faire jaillir les flammes.

— Il me faut des averses de feu comme celles lancées par le druide Figol contre l'armée des Fomoire ! murmura Oengus. Que Lug soit avec moi !

Il posa les mains sur la paille puis sur les morceaux de bois, prononçant une première incantation. Rien ne se passa.

Des murmures s'élevèrent parmi les détenus que ces préparatifs inquiétaient. Puis d'un coup, alors que rien n'avait semblé l'annoncer, un mince filet de fumée s'éleva.

C'était presque imperceptible, mais Dylan l'avait vu et son cœur cognait dans sa poitrine. Oengus avait réussi. La voix du druide s'éleva ; la langue sacrée résonna haut et fort dans la salle basse. Le bois craquait. Les détenus reculèrent. Les gestes d'Oengus, les paroles inconnues et tout à la fois familières par leur sonorité, appartenaient à un passé qu'ils vénéraient encore mais que Rome avait essayé de leur faire oublier.

D'un coup, la paille s'embrasa et des flammes hautes et claires se tordirent, léchant les mains du druide.

— Au feu ! hurla un détenu.

## 11

Au moment même où l'incendie éclatait dans la prison, le préfet militaire d'Alet, Crassus Népos, faisait prendre position à ses hommes sur la grève. Les fantassins au premier plan avec leurs étendards, les cavaliers derrière eux. Dix rangs de Martenses impeccablement déployés au son des tambours et des buccins.

Les embarcations amenant le tribun militaire et ses hommes touchaient terre. Les soldats les tirèrent sur la grève. Le silence se fit. Les Martenses étaient au garde-à-vous, les cavaliers présentaient armes. L'enseigne du dragon pourpre claquait au vent.

Aidé par ses serviteurs, Crassus Népos descendit de sa *carpentum*, sa lourde voiture de voyage, et s'avança vers le tribun. C'était un homme gras et lourd aux mains surchargées de bijoux, portant sous sa cape de fourrure une dalmatique de soie pourpre rehaussée d'or. Flavius s'inclina avec raideur et se présenta :

— Tribun Flavius, votre excellence.

Aux côtés du préfet s'était placé un homme portant les insignes de lieutenant de cavalerie, très brun de cheveux, la peau mate, les traits fins et durs, le regard mobile et perçant. Un énorme dogue aussi haut et large qu'un veau, un molosse au poil noir, le suivait comme son ombre.

— Mais où est donc le préfet de Rome ? fit Crassus Népos.

— Encore à bord de la trirème, excellence, répondit le tribun.

Le lieutenant de cavalerie se pencha vers l'oreille de son maître :

— Prenez garde, excellence. Cet homme est à ménager, murmura-t-il si bas que Flavius ne put saisir ses paroles. Il fait partie de la garde personnelle de Galla Placidia et de l'empereur Constance III. C'est un des proches du général Aetius. Qui sait de quelles alliances nous aurons besoin demain ?

— Ah oui, bien, marmonna le gros préfet dont l'attention se reporta aussitôt sur l'officier qui lui faisait face.

— Tribun Flavius...

Et le nom prit dans sa bouche une ampleur soudaine. Il le répéta, détachant les syllabes :

— Tribun Flavius, c'est un honneur pour moi de vous recevoir dans le *Pagus Aletis*.

— Tout l'honneur est pour moi, excellence, répondit Flavius.

— J'ai entendu parler de vous, reprit Crassus. L'impératrice n'a qu'à se louer de vous avoir à son service et je sais que le général Aetius vous a recommandé pour les plus hautes charges.

— Je ne pense pas mériter les louanges dont vous me couvrez, excellence. Je ne suis qu'un soldat de l'Empire, rien de plus.

— Rien de plus, répéta le préfet sans paraître remarquer la froideur de l'officier romain. Puis-je vous présenter mon fidèle second ? Le lieutenant Ammien.

Les deux hommes se saluèrent, se jaugeant du regard.

— Et comment se porte notre futur empereur, le jeune Valentinien ? ajouta Crassus.

— Bien, excellence. Bien. Mais peut-être serait-il temps

que j'envoie l'une de mes embarcations chercher le préfet Rutilius Namatianus ? Il doit se poser des questions sur la durée de cet entretien.

— Oui, oui. Bien sûr, approuva Crassus. Vous me raconterez tout cela à la *cena*. Je suis friand des nouvelles de mon pays. (Il leva les yeux au ciel.) La splendeur de Rome me manque. Mais pourquoi le préfet Rutilius n'est-il pas venu à terre avec vous ?

— Par mesure de sécurité, excellence. Il est sous ma responsabilité jusqu'à ce qu'il soit sous la vôtre.

— Bien sûr, bien sûr, je comprends. Mais faites-le descendre à terre, vous voyez que mes hommes sont là au grand complet. Sa protection est assurée.

Le tribun acquiesça :

— Bien.

Alors que Flavius allait remettre sa médaille d'or à l'un de ses officiers, le tocsin retentit tandis qu'une colonne de fumée s'élevait au-dessus des remparts d'Alet.

## 12

Dans la *principia* le feu s'était propagé aux étables. Cochons, chèvres, et bœufs avaient été libérés par les garçons d'écurie. Affolées, les yeux révulsés par la peur, les bêtes ravageaient tout, piétinant, encornant, éventrant les gens dans les ruelles étroites où elles se précipitaient. Geôliers et soldats avaient été égorgés. Les détenus avaient pillé l'arsenal, dérobant des arcs, des lances et des épées. Dans les rues, la panique était à son comble. À la vue des flammes sautant d'une cabane de roseaux à un tas de bois, enflammant un grenier, encerclant une charrette, les habitants s'étaient affolés, refluant en désordre vers le port et la grande porte qui s'ouvrit sous leur poussée.

Voyant tout cela, Yder se fraya un passage, entraînant derrière lui le druide et l'enfant.

— Par ici ! hurla-t-il en leur désignant les écuries. Il nous faut des chevaux.

Les stalles étaient vides à l'exception de quelques bêtes qui hennissaient de terreur en tirant sur leurs longes.

— Calme ! Calme ! fit Yder en les détachant. Aidez-moi, sinon elles vont brûler avec la bâtisse.

Mais déjà l'homme et l'enfant avaient libéré les bêtes qui jaillirent de l'écurie.

L'ancien esclave avait choisi un frison à l'abondante crinière ondulée, à la robe d'un noir lustré.

— Prenez celui-là, conseilla-t-il à Oengus. C'est une bête vigoureuse. La préférée du préfet qui en prend grand soin et ne la monte guère que pour la parade. Et comme il préfère ses confortables voitures !

Il prit pour lui une robuste jument. Bientôt, tous trois furent en selle et sortirent du bâtiment au galop. Des serviteurs avaient mis en marche une pompe reliée au puits pendant que les esclaves jetaient des pelletées de sable et des linges trempés dans du vinaigre sur les dernières flammes.

— Filons ! jeta Yder en talonnant sa jument. Je ne sais pas pourquoi les Martenses ne sont pas au campement. Mais il faut sortir de la cité avant qu'ils ne reviennent. Suivez-moi !

Au milieu des troupeaux affolés par les flammes et des habitants paniqués, ils passèrent inaperçus. En contrebas sur la grève, ils aperçurent les Martenses.

Les trompettes résonnaient et alertés par le tocsin, les cavaliers reprenaient en bon ordre le chemin de la ville.

Encourageant leurs bêtes, les fugitifs partirent au galop,

vite rejoints par d'autres. Enfin, à quelque distance d'Alet, alors que la route se divisait, le Manxois arrêta sa monture. Le druide, qui avait placé Dylan devant lui, approcha son cheval du sien.

— Si vous empruntez la voie vers le sud, fit Yder, vous allez vers Condate. Vers l'ouest, c'est le Fanum Martis, vers l'est, Legedia.

Puis, plus haut à l'intention des autres cavaliers :

— Il va falloir se séparer. D'ici peu, nous aurons toute la cavalerie romaine à nos trousses.

— Et il ne fera pas bon tomber dans les pattes d'Ammien et de sa bête d'enfer, grommela un esclave.

— Je vais à Condate avec ceux-là, fit un ancien légionnaire en désignant deux des cavaliers, soldats eux aussi. On y connaît du monde. Bonne chance !

Et ils cravachèrent leurs montures. Il ne restait plus qu'Yder, le druide et l'enfant, un esclave et un pêcheur d'Alet. Yder se pencha à nouveau vers Oengus.

— Vous connaissez le pays ?

— Non.

— Où devez-vous aller ?

— Du côté où le soleil se lève, déclara le druide en tendant le bras vers l'est.

— J'ai une dette envers vous, Oengus à la lame d'argent, déclara Yder d'une voix grave. Vous nous avez sortis de cette prison. Je vous conduirai où vous voulez. Entre marécages et forêt profonde, le chemin n'est pas facile.

— Vous êtes libre, Yder. Il n'y a pas de dette entre nous.

L'homme aux cheveux gris ne réagit pas et Oengus comprit que rien de ce qu'il ajouterait ne pourrait le faire changer d'avis.

— Mais si vous voulez nous guider, reprit-il alors, j'accepte.

— Allons-y !

Et ils repartirent, suivis par l'esclave et le pêcheur dont les bêtes moins fraîches renâclaient à prendre le galop.

## Chapitre 3

*« Il leur envoya un souffle druidique et il les transforma en pierres. »*

Le siège de Druim Daghaire. Ed. M.L. Sjoestedt.

## 13

Quand le curach d'Eogan et de Fergus arriva en vue du port d'échouage, le désordre était indescriptible. Des portes de la ville jaillissait une foule affolée mêlée à du bétail échappé des étables de la *principia*.

Le marin affala rapidement la toile et reprit les rames, souquant ferme. Ils contournèrent le castellum où retentissait le tocsin. Sur la plage, les Martenses se repliaient au pas de course vers la citadelle.

— Que se passe-t-il ? demanda Fergus qui avait repéré l'incendie.

— C'est au nord de la ville, du côté de la *principia*, remarqua le Gallois qui connaissait Alet. Mais le feu ça va vite pourvu qu'il ait du fourrage sec ou du bois à dévorer.

Les cavaliers, sous les ordres d'Ammien, essayaient d'entrer dans la cité, repoussant la cohue du poitrail de leurs chevaux et de la pointe de leurs lances.

Mais la foule était dense et paniquée. Sa peur de l'incendie la poussait vers l'extérieur. Des femmes et des enfants tombèrent. Le destrier d'Ammien piétinait les corps en hennissant de terreur. Le molosse sauta à la gorge d'un homme qui essayait de saisir son maître.

La trompette sonna la charge. Les fantassins avaient rejoint les cavaliers. Des fugitifs armés essayant de quitter la ville s'étaient mêlés aux gens. Le sang coulait. Un légionnaire roula à terre, les jarrets de son cheval tranchés net sous lui.

Pêcheurs et paysans avaient sorti fourches et crocs. Une pierre vola, puis une autre. Des cadavres jonchaient le sol. Mais la poussée des Romains et leur armement étaient les plus forts. La foule reflua en désordre vers l'intérieur de l'enceinte.

— Ils ne tiendront plus longtemps, remarqua Fergus qui, le visage grave, suivait la bataille des yeux.

— Ils vont les massacrer.

— J'sais pas ce qui se passe, grommela le Gallois. Ce que je sais c'est que des comme ceux-là, fit-il en montrant du doigt la trirème et le lourd bateau qui l'accompagnait, il en vient plus guère par ici. Celui-là est un marchand, l'autre une galère de combat. Ils arborent l'étendard de la Rome Impériale. Faudra vous méfier, ô druides.

— Alors, débarque-nous vite et retourne-t-en, ordonna Eogan. Le curach est trop différent des barques de ce pays. Il ne faut pas qu'on nous repère. Tu as fait ce que tu devais, rentre à Môna !

— Y'a un homme en ville qui pourra vous aider, reprit le marin. Un Gallois comme moi, il tient une auberge non loin de la porte du port. Une enseigne avec un poisson. Y s'appelle Brian. Il est de confiance.

Le curach contournait le mufle de la trirème. Des filins retenaient le lourd navire le bloquant dans l'attente des basses eaux où il se poserait sur le fond vaseux.

Jamais les jeunes druides n'avaient imaginé qu'il puisse exister des bateaux de cette taille. Ils contemplaient, fascinés, l'énorme éperon d'airain enchâssé dans le bois de l'étrave.

— Plus haut et large qu'une citadelle ! renchérit Fergus

en détaillant les trois étages de rames et les mâts immenses dressés vers le ciel. Comment peut-il flotter ?

Le curach dépassa la galère et continua sa route.

En entendant le tocsin et en voyant le feu se déclarer dans la cité, le maître de bord de la trirème avait, lui aussi, sonné l'alerte. Ses soldats avaient pris place sur le pont supérieur. Les archers au sommet des tours de défense.

Le Gallois dirigea habilement l'embarcation jusqu'au rivage.

Alors qu'ils allaient s'échouer, ils croisèrent une barque remplie de soldats romains. À l'avant de celle-ci se tenait un officier à la cape écarlate. Le regard du tribun Flavius croisa un bref instant celui d'Eogan puis se détourna.

— Un tribun de la Rome impériale, souffla le Gallois qui avait instinctivement baissé la tête au passage de l'officier. Prenez garde à vous, ô druides. Tout est différent de chez nous. Les Romains ne sont plus si puissants qu'avant mais c'est presque pire.

— Que veux-tu dire ?

— Y n'ont plus rien à perdre !

— Je vois.

— Certains d'entre eux vivent reclus dans ces murs ou dans des *villae* alentour, et ils ne portent guère dans leur cœur ceux qui arborent la robe blanche des druides.

— Pourquoi ?

— Ils ne croient pas dans nos dieux mais en un dieu unique. La religion des anciens est interdite. Ceux qui la pratiquent sont pourchassés.

L'avant de la barque s'enfonça dans le sable. Les jeunes gens sautèrent à terre et la tirèrent au sec. Un vent glacial s'était levé et de lourds nuages barraient l'horizon, annonçant une tempête.

Une fois les paquetages au sol, le marin monta à nouveau

à bord et après un bref salut, s'éloigna du rivage en quelques vigoureux coups de rame.

— Eh bien, nous voilà une fois de plus livrés à nous-mêmes ! Je m'habitue à la mer, remarqua Fergus, étonné et ravi de se sentir ferme sur ses jambes. C'est la première fois que le cœur ne me chavire pas après une traversée.

— Ne restons pas là !

Eogan couvrit ses cheveux bruns de sa capuche et fit signe à son ami de faire de même. Près de la grande porte d'Alet, la bataille faisait encore rage.

— Le Gallois a parlé d'une porte du port, essayons de ce côté.

## 14

— Que se passe-t-il ? demanda Rutilius Namatianus quand Flavius l'eut rejoint à bord de la galère de combat.

Flavius secoua la tête. Devant l'entrée de la ville, les légionnaires ramassaient leurs morts et chargeaient les blessés sur des charrettes. Les grandes portes cloutées de métal se refermaient. Le tocsin sonnait toujours.

— D'après les explications confuses du préfet militaire le feu a pris dans l'un des bâtiments de la *principia* et la panique a gagné les gens.

— Mais vous pensez, tribun Flavius, que cela ne justifie pas l'hécatombe que nous avons vue ?

Le tribun acquiesça :

— Pourquoi, s'il s'agit juste d'un incendie et d'une panique, les soldats sont-ils si pressés de fermer les portes ? reprit-il. Je crois qu'il y a autre chose. J'ai préféré avertir le préfet que nous allions différer votre débarquement et que nous irions à terre quand le calme serait revenu.

— Et vous avez bien fait.

La sonnerie du tocsin se tut enfin. Les dernières fumées s'estompaient dans le vent. Les flammes avaient été maîtrisées.

La marée commençait à se retirer quand les portes d'Alet s'ouvrirent à nouveau.

Un bruit de cavalcade retentit. Une quinzaine de cavaliers encadraient une voiture bâchée attelée de juments blanches.

Quelques instants plus tard, un officier monta à bord de la galère de combat, saluant avec raideur le préfet puis le tribun :

— Son excellence Crassus Népos, déclara-t-il d'une voix forte, vous envoie sa *carpentum*, sa voiture de voyage, pour vous conduire chez lui, à sa *domus*.

— Nous vous suivons, lieutenant, déclara l'ancien préfet de Rome.

Quelques instants plus tard, ils étaient à l'intérieur de la voiture du préfet militaire, les banquettes étaient recouvertes de fourrures de renards, d'épais rideaux de cuir les protégeaient du froid. La petite troupe repartit vers la ville. À la grande porte, les lances se levèrent, les légionnaires présentaient armes.

Flavius garda son rideau soulevé, remarquant au passage les soldats qui empilaient des cadavres sur un char.

Le char emprunta le *decumanus,* la grande voie menant à l'ouest de la ville. Les demeures de briques et de tuiles se succédaient, alternant parfois avec de simples abris de planches aux toitures de joncs, des enclos pour les bêtes, des maisons de torchis. Portes et volets étaient clos. Des patrouilles à la recherche des hommes échappés de l'*ergastule* sillonnaient la ville et fouillaient les maisons une à une, jetant dehors habitants et mobilier. On entendait crier les femmes et les enfants.

Au carrefour avec le *cardo*, des soldats les arrêtèrent, les officiers s'entretinrent à voix basse puis ils repartirent.

Flavius rabattit le rideau et échangea un long regard avec l'ancien préfet de Rome.

— Le chaos et la désolation, murmura ce dernier. N'est-ce pas ce que nous disions avant de débarquer ?

Enfin, l'attelage s'immobilisa devant la *domus* du préfet militaire, vaste maison sans fenêtre aux murs de briques et à la toiture de tuiles rouges.

Un serviteur se précipita, jetant un tapis rouge sur le sol. Précédés par des esclaves, le préfet et le tribun entrèrent par une large porte à double battant dans le vestibule. Un serviteur prit les manteaux, leur montrant le chemin de l'atrium.

Le sol était recouvert de mosaïques somptueuses. L'*impluvium*, le bassin fait pour recueillir les eaux de pluies, était entouré de statues de marbre. En cette saison où le froid devenait intense et les pluies abondantes, un *velum* en fermait l'ouverture. Du lierre jaillissait d'énormes vasques et s'enroulait le long des colonnes.

Crassus venait vers eux. Il arborait une dalmatique de soie violette et de lourdes chaînes d'or pendaient à son cou.

— Ah, préfet Rutilius Namatianus ! s'exclama-t-il. Quel honneur de pouvoir enfin vous recevoir dans mon humble demeure.

— L'honneur est pour moi, répondit brièvement Rutilius.

— Recevoir ici, à Alet, un préfet de Rome...

— Je ne suis plus qu'un poète et un voyageur rentrant dans son pays, le coupa Rutilius.

Crassus s'inclina en signe d'assentiment et se tourna vers le militaire :

— Tribun Flavius, bienvenue dans ma *domus*, et n'oubliez pas que nous devons reprendre notre conversation.

— Je n'oublie pas, excellence.

— Entrez, je vous en prie !

De lourdes portes et d'épaisses tentures protégeaient l'intimité d'une succession de pièces donnant sur la vaste cour centrale : chambres, cuisine, bibliothèque, latrines...

Une douce chaleur irradiait du sol et des murs depuis l'*hypocauste*, le foyer souterrain installé sous la maison. Ils passèrent dans une luxueuse bibliothèque et le préfet militaire les entraîna vers un jardin clos de murs entouré d'une galerie couverte.

— J'ai fait construire cette *domus* sur le modèle de celle que je possède à Rome.

Des lauriers-roses et des palmiers cernaient un vivier où nageaient d'énormes carpes, une fontaine en marbre de Florence ruisselait d'eau claire.

— Mais peut-être désirez-vous faire vos ablutions avant de passer dans le *triclinium* ? demanda le préfet. J'ai mes propres thermes derrière le péristyle.

— Non, cela ira, nous sommes en campagne et j'aime la rigueur de la vie militaire.

Crassus ne parut pas remarquer le reproche implicite contenu dans ces paroles et renchérit :

— Je comprends, je comprends. Hadrien, lui-même, ne nous a-t-il pas donné l'exemple d'un empereur capable de vivre aussi rudement que ses soldats ?

Ils avaient fait demi-tour et étaient entrés dans le *triclinium*, la salle à manger. Quatre divans recouverts de fourrures d'ours en occupaient le centre. Des tentures et des paravents masquaient les parois. Sur un trépied de métal doré, allait et venait un perroquet qui s'arrêta pour les examiner de son œil rond, puis les salua d'un cri strident avant de reprendre son manège.

Ils se lavèrent les mains dans une bassine d'argent présentée par une esclave, s'essuyant à de fines serviettes de lin.

— J'ai pris la liberté de faire venir quelques distractions pour vous. Vous verrez, sans égaler Rome, Alet a quelques ressources...

— Je ne recherche pas plus la distraction que le confort, rétorqua Rutilius que la futilité de son hôte agaçait.

— Prenez place, reprit Crassus sans paraître remarquer le mouvement d'humeur de son invité. Votre honneur à ma gauche, tribun à ma droite. Mon fidèle lieutenant Ammien nous rejoindra pour l'*altera cena*.

— Qui est cet Ammien dont vous me parlez ? demanda Rutilius. Ce nom ne m'est pas inconnu.

— Un cavalier hors pair d'origine grecque, mon chef militaire et mon homme de confiance. Je crois qu'il a servi à Rome avant que vous ne soyez préfet.

— Dans quelle arme ?

Le préfet hésita :

— Je crois qu'il était dans la police urbaine.

Rutilius fronça les sourcils. L'une de ses premières tâches après la prise de Rome par Alaric en 410, avait été de réorganiser les milices urbaines dont les barbares avaient été les maîtres. Une tâche difficile tant la violence et la corruption étaient devenues familières à ces mercenaires prompts à se servir eux-mêmes plutôt qu'à servir la puissance de l'empereur. L'ancien préfet n'en demanda pas davantage. Quant à Crassus Népos, il n'avait visiblement pas l'intention de donner plus d'explications sur le passé de son lieutenant. Il s'était allongé l'air satisfait sur l'un des divans, arrangeant les plis de sa dalmatique et le tombé de ses chaînes d'or. Il claqua des mains, demandant qu'on emmène le perroquet.

Un moment passa pendant lequel nul ne parla, puis des esclaves entrèrent chargés de tables dressées sur lesquelles étaient disposés une vaisselle d'or et d'argent et des plats en sauce. Le son rauque et puissant d'une *hydraule* envahit la salle. L'orgue à eau était masqué par une tenture qu'un serviteur releva. L'instrument était magnifique, des oiseaux d'argent, de cuivre et d'or étaient posés de part et d'autre des tuyaux, le coffre était rehaussé d'une fresque représentant des danseuses. La musique couvrit un instant leurs voix puis l'organiste changea de tonalité et le chant de l'*hydraule* se fit plus sourd.

— Cet orgue vient de Acquincum. Et l'organiste d'Ostie. Ils me suivent partout, même en campagne. Vous verrez, préfet, nous l'installerons sur un chariot et nous pénétrerons dans Condate précédés par sa musique.

Le regard de Flavius s'attarda sur les plats. Crassus avait fait préparer un vrai banquet. Il y avait là, et ce n'était que le premier service, des huîtres, des palourdes, des mauviettes, une poularde à la varda, des moules en sauce.

— Mangez, mangez ! fit Crassus en plongeant ses doigts dans l'un des plats. Ce n'est que le *gustatio*, et mon cuisinier, un homme de Lugdunum, est fort habile. Même s'il me « *coûte plus cher*, comme dit Pline, *qu'un triomphe !* » Quels vins désirez-vous, votre honneur ? Nous avons des vins aromatisés ou des amphores de Chios, de Lesbos, de Massique, de Falerne...

— Le Falerne fera l'affaire, répondit l'ancien préfet de Rome en tendant sa coupe au serviteur qui passait entre eux.

Un esclave vêtu d'une simple tunique de toile se pencha vers Rutilius, lui présentant un plateau d'argent sur lequel reposait une petite fiole de verre emplie d'une eau noire.

— Quelques gouttes de *garum*, excellence ?

— Nous le faisons ici, en *Aremoricae*, commenta le préfet. C'est du *« gari flos »*, du *garum* vierge, le premier liquide écoulé. La pureté même, un élixir ! Meilleur que celui de Gadès, Clazomène ou Leptis. Si nous n'avions dû quitter

Alet, je songeais à y bâtir des cuves pour fabriquer et exporter le mien.

Sur un hochement de tête de l'ancien préfet de Rome, l'esclave versa quelques gouttes de la sauce à base d'intestins de maquereaux en saumure sur les huîtres.

Le préfet discourait de choses et d'autres, Rutilius et Flavius mangeaient en silence. Bientôt les serviteurs ôtèrent les tables. Le préfet frappa dans ses mains.

— La faim m'est venue avec ces amuse-bouches ! s'exclama-t-il.

L'organiste se leva et salua avant de sortir, le silence retomba.

— Hécate ! appela le préfet.

Une toute jeune femme entra. Petite et mince, elle était pieds nus et pour seul vêtement portait un voile de lin si fin qu'il ne cachait rien de sa nudité. Sa chair était d'une blancheur opalescente. De fines chaînes d'or enserraient sa taille et sa poitrine. De son lourd chignon s'échappaient des mèches sombres d'où pendaient des perles d'eau douce.

Elle les dévisagea un instant, le visage fier, puis s'avança. Jamais le tribun n'avait vu une démarche comme la sienne, si légère, si aérienne qu'il se fit la réflexion que seuls les chats et les oiseaux pouvaient effleurer la terre ainsi. Elle demanda d'une voix teintée d'un léger accent :

— Vous m'avez fait appeler ?

— Oui, Hécate. Nous avons des hôtes de qualité aujourd'hui. Danse pour eux ! Danse pour moi !

La femme s'inclina puis se plaça devant eux, très droite, immobile, ses paupières masquant le vert de son regard. Le son d'un tambourin retentit. Celui qui jouait restait invisible. Le son s'intensifia, se fit pressant.

Insensiblement, le corps de la danseuse s'anima. Ses bras s'arrondirent. Un lent balancement montait de ses reins, gagnant les hanches, la taille, puis le cou qu'elle avait long et fort mince. Hécate ondulait et même sa chair se colorait, comme si quelque feu secret l'embrasait. Le mince tissu ivoire s'étirait, enveloppait, dévoilait... Ses yeux s'ouvrirent et son regard était ailleurs. Un second tambourin rejoignit le premier. Le balancement des hanches s'amplifia, de fines gouttes de sueur ruisselaient. Les perles d'eau douce s'entrechoquaient. Toute à son art, la jeune femme ne semblait plus voir ce qui l'entourait. Elle flottait, un sourire d'extase aux lèvres, comme un oiseau porté par le vent.

— Elle est née à Thagaste en Numidie, commenta le gros préfet. Elle m'a coûté aussi cher que mon cuisinier, mais cela en vaut la peine.

Rutilius ne répondit pas. Flavius fixait celle qui, lentement, au son léger du tambourin, se courbait devant eux en une dernière révérence.

— Quelle est cette arme ? demanda-t-il à leur hôte.

Alors que la jeune fille tournoyait devant eux, il avait entrevu la mince lame suspendue aux chaînes d'or de son dos.

— D'après l'homme qui me l'a vendue, ces danseuses numides doivent rester vierges, sinon la danse les quitte à jamais. Elles apprennent leur art avant même que de naître dans le ventre de leurs mères et doivent mourir plutôt que d'appartenir à un homme. Ce sont des sortes de vestales. Ce poignard est le gage de leur virginité.

Le gros préfet se pencha, lui murmurant en confidence :

— Le jour où l'envie m'en viendra, je la ferai désarmer par mes hommes. Ensuite, elle fera ce qu'elle veut ! Je sais reconnaître la valeur des vieilles coutumes !

Et Crassus partit d'un rire gras. Le tribun se détourna, reportant ses yeux sur la danseuse qui, après un ultime salut, sortit de la pièce.

Des serviteurs entraient avec de nouvelles tables.

Dans les plats d'argent reposaient des bec figues rôtis,

des côtelettes de chevreuil et de sanglier, des orties de mer, du congre, du pâté de poulet.

— Vous ne nous aviez pas dit que votre lieutenant devait nous rejoindre ? demanda enfin Rutilius.

— Oui. Au prochain service, c'est un homme qui mange frugalement, fit Crassus en plantant les dents dans une côtelette de sanglier, il ne s'est jamais fait à nos orgies !

## 15

Ils avaient fini le second service, entendu de nouveaux musiciens puis les serviteurs avaient ramené de nouvelles tables. L'*altera cena,* le troisième service commençait. Leur hôte les laissa pour gagner le *vomitorium*.

Rutilius se pencha vers le tribun :

— L'empire se meurt, mais pas seulement par le fer des barbares.

Flavius allait répondre, mais le préfet revenait en s'essuyant la bouche, les yeux injectés de sang, la tunique souillée.

L'un des serviteurs annonça : « Tétines de truie au naturel et en ragoût, hure de sanglier, poitrines et cols de canards rôtis, rôtis de lièvre et de poulet, canards sauvages fricassés. »

— Et si maintenant, fit Rutilius, vous nous disiez ce qui s'est passé dans votre ville ?

Le préfet, qui avait saisi un lièvre à pleines mains, le reposa, l'air contrarié. Il allait répondre quand la tenture de l'entrée se souleva. Le lieutenant Ammien entra dans la pièce, suivi de son molosse. Après s'être lavé les mains et les avoir salués, il se laissa tomber sur son divan. La bête s'allongea près de lui, son mufle posé sur ses pattes, ses yeux jaunes fixés sur les étrangers.

— Nous vous attendions avec impatience, Ammien, s'exclama Crassus. Je disais au préfet Rutilius Namatianus que vous aviez exercé vos talents à Rome avant d'être nommé ici.

Le visage de l'homme se ferma.

— C'est vrai.

— Le préfet m'a dit que vous étiez dans la police ? reprit Rutilius.

— Oui, votre honneur.

— Vous êtes un homme discret, lieutenant, pourtant il me semble vous avoir déjà vu.

— Avec votre respect, mais je ne crois pas.

Le préfet militaire fit un geste impatient de la main.

— Cher Rutilius, laissons tout cela, c'est le passé.

— Vous avez raison, dit Rutilius, et maintenant que votre second est là, si vous nous parliez de cet incendie.

Le ton de l'ancien préfet était aimable, mais Crassus sentit qu'il serait hors de propos de ne pas répondre au haut fonctionnaire romain. Il fit un signe discret à Ammien qui prit la parole, énonçant rapidement :

— Peu de choses à conter en vérité. Quelques prisonniers enfuis de la prison, ce sont eux qui ont mis le feu.

— Des prisonniers ? Qui donc déteniez-vous et pourquoi ?

— D'anciens soldats ayant oublié où était leur devoir, des esclaves, des étrangers. Rien de sérieux. La plupart ont été passés par les armes.

— Mais encore ? Ces hommes ont mis en danger la *principia*. Continuez, lieutenant !

Il y avait dans la voix de Rutilius l'autorité qu'il mettait voici peu de temps encore à diriger la ville impériale.

— Après avoir mis le feu à la prison, certains d'entre eux ont volé des armes et des chevaux, répondit Ammien.

Avec votre permission, préfet, je les prendrai en chasse demain à l'aube.

— Comment ont-ils pu mettre le feu ? Enfin, expliquez-vous, lieutenant ! La sobriété de paroles est une qualité, mais elle peut devenir un défaut quand un supérieur vous demande des explications.

Flavius se rendit compte que le lieutenant de cavalerie n'avait pas apprécié cette dernière réplique. Il baissa les yeux devant Rutilius mais c'était pour masquer la fureur de son regard.

— Je ne voulais pas vous importuner avec tout cela, votre excellence. Il y avait dans la prison l'ancien trésorier du préfet, un certain Yder, il fait partie des fugitifs mais d'après l'un des hommes que j'ai interrogés, le feu a été déclenché par un autre homme, un étranger accompagné d'un enfant roux.

— Continuez !

— Un instant ! Je vais faire mieux. Je vais vous amener celui qui m'a raconté tout cela.

Il sortit de la pièce et quand il revint, à peine quelques secondes plus tard, il jeta devant lui un homme enchaîné qui gémit en s'effondrant sur le dallage. De multiples plaies marquaient son corps, son dos était strié de marques de fouet.

Le molosse s'était redressé. Il se ramassa sur lui-même, grognant sourdement, prêt à bondir.

— Calme, Mausuetus ! fit son maître.

— Pitié ! supplia le prisonnier.

— Celui-là s'était caché dans les greniers à blé pensant qu'on ne l'y trouverait pas. C'est un de nos anciens soldats. Réponds à son honneur comme à moi-même ou je te laisse en pâture au molosse !

L'homme eut un gémissement de terreur. Il tremblait de tous ses membres.

— Quel est ton nom ? demanda Rutilius.

— Marcus, votre honneur, souffla l'autre. Ne me tuez pas, je peux vous être utile, je vous servirai, excellence.

— Eh bien, Marcus, commence tout de suite. Parle-moi de cet étranger qui a mis le feu.

L'homme se redressa un peu, calmé par la voix de l'ancien préfet de Rome.

— Oui, excellence, il parlait avec Yder, un enfant roux l'accompagnait. Il a rassemblé de la paille puis un peu de bois, celui de nos bassines. Je me suis approché pour lui proposer de l'aide. Il a refusé. J'ai bien vu son visage, je pourrais le reconnaître entre mille. Il portait une petite roue en bois d'if autour du col. Il a mis le feu simplement en posant les mains sur la paille et en parlant la langue des sacrés.

— Un druide ! Et pourquoi était-il en prison ?

— Avant votre arrivée, répondit Ammien, j'ai fait « nettoyer » la ville. Tous les étrangers ont été enlevés des auberges, il devait en faire partie.

— Qu'est-il advenu de Yder ? demanda soudain le préfet Crassus qui s'était tu pendant l'échange.

— Votre ancien trésorier a disparu avec l'homme et l'enfant ainsi que quelques autres. Je les retrouverai, préfet, et vous ramènerai leurs têtes.

— Pourquoi ne pas les avoir pris en chasse de suite ? demanda Flavius. Demain, ils seront loin.

— Même s'ils sont loin, Mausuetus les retrouvera ! Il n'y a meilleur pisteur que cette bête-là !

À l'énoncé de son nom, le molosse détourna un instant les yeux de l'homme à terre et fixa son maître.

— Fort bien, décida l'ancien préfet de Rome. S'il y a chasse à l'homme, le tribun Flavius vous accompagnera. Et songez, lieutenant, que j'aimerais interroger moi-même le druide. Il me le faut vivant et en état de répondre à mes questions.

— Des païens ! siffla Ammien. Ils oublient trop souvent

que Rome, la Rome impériale, bien que grande et généreuse est aussi un maître qui sait châtier ! Mais si le tribun, votre excellence, veut chevaucher à mes côtés, ce sera un honneur.

# Chapitre 4

*« Les druides eurent révélation du danger et se séparèrent. Cithruadh rentra au camp sous un déguisement pour ne pas être reconnu. L'autre s'en alla vers le sud, tourna par trois fois son visage vers l'armée et, grâce à sa puissance magique, envoya sur elle un souffle druidique. Tous les guerriers reçurent aussitôt son apparence et sa forme... »*

Le siège de Druim Daghaire. Ed. M.L. Sjoestedt.

# 16

Brian l'aubergiste avait caché Eogan et Fergus dans sa cave. Puis, la nuit venue, alors que le calme était retombé et que seule circulait une patrouille vérifiant que le couvre-feu était respecté, il avait ouvert la trappe menant au sous-sol et était descendu les rejoindre.

Une lampe à huile éclairait les visages des jeunes gens assis le long du mur. Brian s'inclina avec déférence devant eux avant de déposer sur un des tonneaux, un pot de cervoise, des galettes et des saucisses.

— Voici de quoi manger, ô druides.

— Merci Brian, fit Eogan. Si vous nous racontiez ce qui s'est passé.

— Rien de bon, ô druides. Des prisonniers ont mis le feu à la prison, volé des chevaux et égorgé leurs gardiens. Les Romains ont fouillé la ville de fond en comble. Beaucoup des nôtres sont en prison ou morts, même des femmes et des enfants. En ce moment, ils brûlent les cadavres à l'extérieur de la ville.

Une ride soucieuse barrait le front de l'aubergiste qui s'interrompit avant de reprendre, la voix grave :

— Je ne peux pas vous garder plus d'une nuit, cela serait mettre les miens en danger. Il vous faudra partir à l'aube.

— Je comprends. Mais nous avons besoin de ton aide, répondit Eogan. Nous recherchons un homme de notre pays, un homme d'Irlande accompagné d'un enfant roux. Son chemin est le nôtre. Il faisait peut-être partie des prisonniers qui se sont enfuis, peut-être pas.

— Comment s'appelle-t-il ?

— Oengus à la lame d'argent.

L'aubergiste réfléchit.

— Avec un gamin roux ?

— Oui.

— Je vais me renseigner, ô druides. Pendant ce temps, mangez et dormez. Il y a, au fond, près des jarres de grains, de quoi vous faire deux paillasses épaisses et bien sèches.

L'homme s'approcha de l'échelle.

— Nous ne connaissons pas les chemins de ton pays, dit Fergus. Nous aurons aussi besoin de chevaux et d'un guide.

— Pour les chevaux, ce n'est pas possible. Les Martenses nous les ont tous pris depuis longtemps. Pour le guide, j'en ai peut-être un.

La trappe se referma et le silence retomba. La lueur de la lampe dessinait des ombres dansantes sur les murs.

— Et si nous ne retrouvons pas Oengus ? demanda le Rouge qui était allé chercher du fourrage qu'il étalait sur le sol. Il a plus de cinq jours d'avance sur nous.

La gorge d'Eogan se serra. Depuis qu'ils avaient quitté Môna, il s'était souvent posé la question. Alors pour se réconforter, il se répétait la prédiction de Deirdre : *« Au péril de vos vies, les neuf magiciennes, vous croiserez. Par le vent d'Alet, serez menés. Par le molosse d'Épire pourchassés. Au Mont-Dol, par le feu de Gwen, guidés. Au Mont Tombe, trouverez ce que vous cherchez. Avec le Fils de la Vague, franchirez le gué de la peur et aborderez au rocher brillant sur la plaine d'argent... »*

— Je suis sûr qu'il est venu ici, je le sens, déclara-t-il avec assurance. Et puis un homme comme lui, accompagné d'un enfant, ne peut passer inaperçu. Nous allons le trouver.

Fergus comprit que son ami essayait davantage de se persuader lui-même que de le convaincre. Il n'insista pas, saisit une des galettes et la tendit au Sombre.

— Alors mangeons ! fit-il en s'asseyant sur sa litière. Et goûtons la cervoise de notre hôte avant de dormir. Nous n'avons rien de mieux à faire d'ici l'aube.

— Je regrette de t'avoir mené jusqu'ici, Fergus. Ce n'est plus de notre initiation qu'il s'agit mais de pourchasser mon... père.

— Et aussi, tu sembles l'oublier, de ramener le talisman vers le Nord du Monde.

— Si je n'étais pas intervenu à Iona, Oengus l'aurait donné à Adeon.

— Sans doute. Mais tu ne peux remonter le temps et défaire ce que tu as fait. Comme la rivière, il ne coule que dans un sens. Non, la seule chose que je regrette, moi, c'est d'être à nouveau séparé de Deirdre. Je voudrais...

Le Rouge s'interrompit.

— Je ne voulais pas ça, fit le Sombre. Tu aurais dû rester avec elle. Je vous aurais retrouvés là-haut.

— Que savons-nous de ce qui nous attend ? « *Les deux doigts d'une seule main* », tu te souviens ? Rien ne peut faire que je t'abandonne et je suis sûr que notre force vient de cette amitié qui nous tient depuis l'enfance et nous dépasse.

Le Rouge se tut, gêné d'en avoir tant dit. Les jeunes gens étaient conscients d'avoir tant traversé et partagé qu'aucun mot ne pourrait jamais exprimer ce qu'ils ressentaient l'un pour l'autre.

Ils mangèrent en silence avant de s'envelopper dans leurs capes et de s'allonger sur leurs litières.

Le Sombre se tourna vers le mur. Il songeait à ce père

qu'il pourchassait avec fureur, à sa mère réclamant vengeance, au sens de tout cela, aux Iles au Nord du Monde, à l'enfant roux et maigre qui accompagnait son père. Tout se mélangeait dans sa tête.

À ses côtés, Fergus somnolait à demi et dans cette rêverie qui précède le sommeil, la belle Deirdre lui ouvrait les bras.

Quelques instants plus tard, ils dormaient profondément.

C'est l'infime grincement d'un barreau de l'échelle qui les réveilla. Un jeune gars les observait avec curiosité. Il tenait une torche à la main.

— Je suis votre guide. Le jour va se lever, il faut partir.

Eogan se leva. Fergus s'étira, bâilla, puis se redressa à son tour. Le garçon était petit, trapu, les cheveux roux, avec quelque chose dans le visage qui rappelait l'aubergiste.

— Tu es le fils de Brian ? demanda le Sombre.

Le gars hocha la tête. Plutôt bavard d'ordinaire, la présence des druides l'intimidait. Ces deux-là ne ressemblaient pas à ceux qu'il connaissait : hommes âgés, solitaires, pourchassés, cachés dans la forêt profonde. Ils étaient jeunes, vigoureux et déterminés.

— Quel est ton nom ? demanda le Sombre.

— Owein.

— Moi, c'est Eogan et mon ami se nomme Fergus. Est-ce que ton père a retrouvé la trace de celui que nous cherchons ?

— Oui.

— Je t'écoute.

— Il était dans la prison avec l'enfant depuis cinq jours. Les soldats les avaient jetés là avec d'autres. Le préfet attendait un haut personnage, celui qui est venu par la trirème et il ne voulait aucun étranger dans la cité. Ce serait lui qui aurait allumé l'incendie dans la *principia*. Il a volé des chevaux dans les écuries du préfet et s'est enfui avec l'enfant et quelques autres.

— Par Lug à la main blanche, s'esclaffa Fergus avec un bon rire. Oengus n'a pas perdu de temps.

— Il a eu raison, conclut Owein. Les Romains auraient fini par les pendre. Mais ce matin, à l'aube, la légion se lancera à ses trousses avec Ammien à leur tête.

— Qui est Ammien ?

— Un maudit ! s'écria le gars que son propre récit enflammait. Le chef des Martenses, toujours accompagné de son molosse d'Épire.

— Un molosse d'Épire ?

— Oui, une bête que les Romains dressent à tuer. Une bête qui ne craint ni les loups ni les lions. Un chien de combat aussi lourd qu'un homme, avec une démarche d'ours et une tête d'hippopotame ! Enfin ça, c'est les soldats qui le disent ! Parce que moi les hippopotames je sais pas comment c'est. Ils racontent aussi que chez eux, ils combattent dans les arènes contre les lions !

À cette description, un sifflement échappa à Fergus.

— *« Par le molosse d'Épire pourchassés »*, fit-il. Tu te souviens de la prédiction de Deirdre ?

Eogan n'imaginait que trop bien les légionnaires à la poursuite de celui qu'il peinait à appeler son « père ». Et s'ils le tuaient ? Si jamais ils ne se revoyaient ? Que deviendrait sa quête ? Que deviendrait le talisman des *Tuatha dé Dânann* ? Il fallait faire vite.

— Brian nous a trouvé des montures ?

— Non. Y'en a pas. Pas même des mulets.

— Ton père sait de quel côté est parti celui que nous cherchons ?

— Nous trouverons sa piste, je ne suis point mauvais à

cela. Mais partons maintenant, il faut que nous ayons quitté Alet avant les Martenses.

## 17

Après une nuit agitée, le tribun Flavius avait fait sortir ses chevaux des soutes du navire marchand et avait choisi vingt de ses meilleurs cavaliers.

Il savait que la mission donnée par Rutilius ne serait pas de tout repos : arracher sa proie à quelqu'un comme Ammien, c'était retirer la viande fraîche au lion. Mais l'inaction lui avait pesé pendant ces longs jours de mer et la perspective d'une lutte avec le Grec le réjouissait. Quant à la description du druide, elle l'intriguait.

De singuliers personnages ces druides. Longtemps tolérés par Rome, ils avaient été chassés des hauts postes qu'ils occupaient dans la société gallo-romaine et étaient devenus des parias. Avec Théodose 1^er^, le christianisme était devenu la seule religion officielle. Les dieux anciens avaient été remplacés par un dieu unique dont les prêtres construisaient les églises sur les anciens sanctuaires. Les derniers druides s'étaient réfugiés à l'abri de la fureur des hommes dans les forêts ou sur les sommets des montagnes. Pourtant, Flavius s'en souvenait, son grand-père avait été l'ami de l'un d'eux, un druide de Bordeaux, un certain Delphidius, grand rhétoricien, proche du poète Ausone.

L'aube se levait sur la petite troupe, allumant des reflets dans l'or des étendards. Celui de Flavius était un *labarum* portant la croix et l'inscription : « *In nomine Xpi vincas semper*, Au nom du Christ, tu vaincras toujours. »

Celui d'Ammien, l'enseigne pourpre du dragon, l'ancien emblème des Parthes, puis des Daces et des Sarmates avant de devenir le symbole de la cavalerie romaine et des légionnaires. Un étendard que n'utilisaient plus les empereurs romains, un étendard « satanique » selon Grégoire de Nazianze. Flavius s'arracha à la contemplation du dragon dont le corps recouvert d'écailles se tordait dans le vent.

Il faisait froid et les herbes scintillaient d'un feu glacé. Le paysage était aussi blanc que celui des rives du Danube ou du Rhin. Au loin, une immense forêt recouvrait vallons et collines. Le tribun repensa à la conversation qu'il avait eue la veille au soir avec l'ancien préfet de Rome. Rutilius lui avait demandé de l'accompagner dans son abri à l'arrière de la trirème. Il avait l'air soucieux :

— Méfie-toi du Grec, Flavius ! jeta-t-il brusquement. Tu as vu, comme moi, son emprise sur Crassus. Il est le maître ici. Et rappelle-toi la phrase de Sinésius : « *Parmi ses chiens, le berger ne doit pas placer des loups, même s'ils paraissent apprivoisés, car ils se tourneront à la fois contre le berger et contre le troupeau.* » Crassus n'aurait jamais dû le nommer à la tête de ses légionnaires, tôt ou tard cela se retournera contre lui. Mais il y a plus...

L'ancien préfet s'était arrêté un long moment, puis il avait repris :

— Il a menti. Je suis sûr que nos chemins se sont croisés alors que j'étais en fonction à Rome. Il est vrai que je n'ai jamais vu son visage, mais il y avait alors un Grec, chef d'une milice urbaine connue pour ses exactions. Cavalier hors pair, grand amateur de combats de dogues, avide d'or et de pouvoir. Un officier qui avait torturé et tué plus que tous les autres. J'avais demandé à ce qu'il soit conduit devant moi pour être jugé. Avec les accusations qui pesaient contre lui, il était bon pour le gibet. Mais il a disparu. Ses soldats aussi, sa *villae* était vide et avant de partir, il avait tué sa compagne et ses deux jeunes fils. Je suis sûr que nous avons affaire au même homme.

— Si c'est lui, il a fait preuve d'un grand sang-froid hier soir, en se retrouvant nez à nez avec vous.

Un aboiement arracha le tribun à ses souvenirs. Devant la troupe courait le molosse. L'énorme bête soutenait sans peine le galop des chevaux. Elle était bardée d'une armure de cuir et à son cou pendait une boule d'airain percée de multiples trous.

Ammien leva la main et les soldats s'immobilisèrent. Ils arrivaient à un embranchement. D'un côté très droite, la voie pavée menant à Corseul et à *Condate*. De l'autre un large chemin reliant Alet à la lointaine *Legedia* et traversant la forêt de *Sessiacum*.

Le molosse hésita, le nez au sol, puis s'éloigna sur le chemin avant de s'arrêter pour attendre son maître. Il sentait la piste d'Yder dont le Grec lui avait donné à déchiqueter une ancienne tunique.

Un homme sauta à terre. Petit et mince, il ne portait pas l'uniforme des légionnaires. Une *caracalle* de peau à capuchon avec dessus une large cape de fourrure de loup serrée à la taille, des braies, des bottes souples doublées de mouton. C'était l'éclaireur d'Ammien, un gars du pays enrôlé par les Martenses que tous surnommaient le « Renard ». On ne savait si c'était moquerie de leur part tant le petit homme avait l'air borné, mais il était habile à lire les empreintes et connaissait mieux que quiconque les sentes, les marais et les bois.

Il alla sur les pavés et s'agenouilla. Par endroits, la fine couche de givre était brisée, en d'autres, elle conservait en creux des empreintes.

— Bien qu'il ait bruiné hier, marmonna-t-il.

— Qu'est-ce que tu dis ? s'écria Ammien qui déjà s'impatientait.

— Je dis : trois chevaux sont partis du côté de Condate, mon lieutenant.

Il se redressa, fila de l'autre côté pour examiner le chemin de terre menant à Legedia. Le bout de ses doigts suivant avec douceur le contour d'un fer figé par le gel.

— Quatre de ce côté. (Il remonta sur une vingtaine de pas, le dos courbé.) L'un d'eux boite légèrement, reprit-il. Le galop de l'autre est inégal. Seuls les deux premiers pourront tenir à cette allure-là.

L'homme regarda le soleil qui se levait, le ciel sans nuage.

— Faudra pas traîner. Avec le dégel, les empreintes vont mollir. La piste sera plus si claire.

— Nous les rattraperons facilement. Il manquait huit chevaux aux étables. Nous avons notre compte. Ces imbéciles croyaient pouvoir nous échapper en se séparant !

Ammien choisit une dizaine de ses soldats.

— Vous autres, ordonna-t-il, ramenez-moi la tête de ceux-là ! Allez jusqu'au gué de Taden, de là, vous vous séparerez à nouveau, cinq d'entre vous, direction Condate, les autres fouillent Corseul. Je veux revenir à Alet avec les têtes des fugitifs accrochés à ma selle !

Après avoir salué leur officier, les Martenses se séparèrent, le Renard remonta en selle et la troupe repartit à bride abattue.

## 18

Passant par la poterne avec l'aide d'un soldat ami de l'aubergiste, Eogan, Fergus et Owein n'avaient pu prendre autant d'avance qu'ils le voulaient.

Ils étaient partis à l'heure singulière où la nuit le dispute à la lumière. Pourtant Owein ne semblait pas avoir besoin de ses yeux et courait devant d'une belle et puissante foulée. Eogan, plus léger, le talonnait. Fergus restait derrière. De temps en temps, les jeunes gens sautaient une crevasse, passant de l'herbe givrée au sol durci puis à nouveau aux pavés. Le gars leur avait fait envelopper les bottes de linges trempés dans un mélange de vinaigre et de poivre.

— Il ferait pas bon que le molosse nous repère, expliqua-t-il.

Enfin, le soleil enjamba le rebord du monde, tandis qu'une vibration faisait trembler le sol sous leurs pieds.

— Les Romains ! Ils arrivent ! avait soufflé Owein qui se jeta vers un bois de chênes verts. Par là, vite !

Le souffle court, ils se cachèrent à une vingtaine de mètres de la route, masqués par les troncs noueux et les buissons. Le cœur battant, ils observèrent le passage des légionnaires.

Une cinquantaine de soldats armés de boucliers, d'épées longues, de lances, d'arcs et de flèches. Ils portaient tous la cotte de mailles à cagoules, la cuirasse d'écailles et les casques à nasal. Devant eux, rapide, courait le molosse.

— L'enseigne du dragon, murmura Owein une fois que la troupe fut passée, votre ami a bien Ammien aux trousses.

— Lequel est Ammien ? Celui avec la cape rouge ?

— Non, celui-là est un tribun, mais je ne l'ai jamais vu à Alet. Ce doit être lui qui est venu avec la trirème. Ammien est celui qui chevauchait à l'avant, tête nue. On le surnomme le Grec et la bête est à lui. On ne sait de l'animal ou de lui lequel est le plus féroce.

— Jamais je n'ai vu de ma vie un monstre pareil, remarqua Fergus. Quand tu nous en parlais, je croyais que tu exagérais, mais non. Qu'est-ce que cette singulière boule de métal qu'il porte au cou ?

— Elle contient une éponge trempée dans un poison. J'ai vu un esclave mourir après qu'il lui eut seulement broyé le bras. Pendant le combat, le poison a arrosé les plaies et la brûlure en était si insupportable que l'homme s'est jeté de lui-même dans les flammes de la forge.

Le jeune gars s'était tu et fixait, songeur, la route par laquelle s'en étaient allés les Romains. Quand il avait fanfaronné dans la cave en parlant du Grec, il ne pensait pas vraiment se trouver face à lui. En acceptant de guider les druides en dehors de la cité, il voulait juste faire le « fier » et raconter ses exploits aux filles d'Alet. Rien de plus...

— Allons-y ! s'impatienta Eogan que la vision des légionnaires avait troublé.

Ceux-là étaient si différents des guerriers Fianna d'Irlande, l'armement, les étendards, les cottes de mailles, la discipline... Une fois de plus, comme avec les Pictes, le Sombre réalisait combien ce long voyage et ces rencontres belles ou fatales faisaient de lui l'homme qu'il devait être.

— Ce qui me plaît pas, reprit Owein dont le front restait soucieux, c'est qu'en plus de la bête, ils ont le « Renard ».

— Le Renard, qui est-ce ?

— Un gars de chez nous. Le fils bâtard d'un officier romain et d'une fille d'Alet. C'est un rusé qui connaît le pays mieux qu'aucun d'entre nous. Même à filer derrière, il faudra faire attention. Il a des yeux dans le dos.

Et ils repartirent en courant. Au loin, la troupe des cavaliers avait disparu derrière un repli de terrain.

## 19

Yder avait voulu s'arrêter à la nuit tombée, mais Oengus avait refusé. Ils avaient laissé derrière eux l'esclave et le pêcheur, mauvais cavaliers tous deux et dont l'une des bêtes boitait bas.

— On va dormir un peu et laisser nos chevaux se reposer, avait dit le pêcheur en mettant pied à terre. Nous vous ralentissons.

L'esclave l'avait imité, attachant son cheval à une souche, trop content de descendre de cette monture dont il ne savait se faire obéir.

— Ils risquent de vous rattraper, avait remarqué Oengus. En plus, ici, vous êtes en terrain découvert.

— Ça ira, avec ce froid, on va pas dormir longtemps, avait rétorqué le pêcheur.

— C'est votre choix.

— Qu'Epona vous garde ! fit Yder.

Ils étaient repartis laissant les fugitifs derrière eux. De loin en loin se dressaient les bornes milliaires éclairées par la clarté lunaire. Le vent chassait les nuages qui parfois obscurcissaient le ciel, noyant leurs repères, les forçant à ralentir. Enfin, Yder s'arrêta, indécis, devant un embranchement. L'une des voies obliquait franchement vers l'ouest. L'autre filait tout droit. Enveloppé dans sa cape, le jeune Dylan somnolait, affalé contre la poitrine d'Oengus.

— On aurait dû s'arrêter, fit l'homme de Man. J'ai peur qu'on ne se soit perdu. A moins que cette voie ne mène à une *villae*. Il y en a plusieurs de ce côté-là.

— Qu'est-ce que c'est une *villae* ?

— Une sorte de grand domaine. Les Romains y élèvent des bêtes et cultivent la terre. Si c'est le cas, je devrais trouver une indication.

— De toute façon, il faut avancer, reprit Oengus. Si nos poursuivants ont laissé passer la nuit, ce que je crois, leurs bêtes seront reposées. Pas les nôtres. Il faut aller au plus vite et sans doute faudra-t-il aussi quitter cette large route sur laquelle nous avons peu de chance de leur échapper.

L'ancien trésorier ne répondit pas. Il imaginait la légion à ses trousses et un frisson le parcourut à l'idée d'être rattrapé. Il en regrettait presque la prison, ses vermines et l'infâme brouet que servaient les geôliers.

— Yder ! le secoua Oengus.

— Ce n'est pas que j'ai peur, mais... Ils vont nous chasser avec le molosse du Grec et certainement prendre avec eux le Renard. Le chien a de l'odorat, mais s'il perd la piste, le Renard, lui il la perdra pas.

— Qui est ce Renard ?

— Un gars que personne n'aime. Un bâtard à qui j'ai rendu quelques services quand j'étais trésorier du préfet Crassus mais qui ne s'en souviendra certainement pas au moment de la curée !

— Rien ne sert de penser à cela, Yder. Décide-toi. Quel chemin devons-nous prendre ?

Yder se laissa glisser à terre. Il observa le sentier et finit par trouver une dalle dissimulée par le givre sur laquelle était gravée le nom d'une *villae*. Il remonta en selle et les deux cavaliers reprirent le trot. Malgré le froid, la robe des bêtes était souillée d'écume blanche.

Enfin l'aube se leva. Devant eux, à perte de vue s'étendait le moutonnement gris-vert d'une forêt aux troncs immenses.

— La forêt de *Sessiacum*, fit le Manxois.

Il avait le visage et les mains bleuis par le froid et une grimace tordait sa bouche.

— Cette forêt-là, c'est pas une forêt, reprit-il. C'est pire ! Où voulez-vous aller, Oengus, peut-être est-il temps de me le dire ?

— Si tu le peux, guide-moi jusqu'au Mont-Dol.

Le regard de l'ancien trésorier se tourna à nouveau vers la forêt.

— Faut donc bien la traverser.

Oengus passa sa paume sur l'encolure de son cheval qui frissonna.

— On va s'arrêter un peu. J'entends couler de l'eau. Les bêtes sont épuisées et elles ont besoin de boire. Dylan ! Réveille-toi, petit !

L'enfant ouvrit les yeux et laissa échapper un bâillement sonore.

— Il faut descendre. Et saute un peu sur place pour te réchauffer ! Tu es glacé.

Le long de la voie, coulait un mince ruisseau d'eau claire cerné de longues herbes couvertes de givre. Un rat d'eau plongea à leur approche, des poissons s'égaillèrent sous la glace qui prenait le long des berges. Les roseaux bruissaient. Dylan et Yder menèrent les chevaux jusqu'à la rivière, les laissant dévorer les feuillages glacés d'un arbuste. Le vent leur apportait le gémissement des arbres proches.

— Il me semble les entendre, murmura brusquement Yder en aidant sa jument à remonter sur la berge. Il faut partir.

— Du calme ! Ce n'est que le vent que tu entends. Allez en selle ! ordonna Oengus en attrapant l'enfant qu'il jucha à nouveau devant lui. Une fois en forêt, nous rendrons leur liberté aux chevaux, ils sont fourbus et ne nous mèneront guère plus loin.

## 20

Le pêcheur et l'esclave avaient été réveillés par les hennissements de leurs montures. Les bêtes frappaient nerveusement le sol de leurs sabots et tiraient sur leurs longes. La terre vibrait sous les fers d'une troupe nombreuse et ils entendaient le cliquetis des armes.

Les hommes se levèrent d'un bond, cherchant quelque

abri du regard. Mais ils avaient dormi à découvert et autour d'eux ne s'étendait qu'une lande aride parsemée de bosquets.

Ils partirent en courant, abandonnant les chevaux. Bientôt les cavaliers romains apparurent sur la voie. Étendards et armures scintillaient sous le soleil matinal.

Le molosse s'immobilisa en aboyant avec colère. Au loin, la silhouette des fuyards était encore visible. Un mince sourire se dessina sur les lèvres du Grec.

— Tu les as vus comme je les vois ? Et tu les veux ? Va ! Je te les donne, dit-il, railleur.

Puis plus haut d'une voix qui claquait comme un fouet :

— Attaque, Mausuetus !

Le molosse n'attendait que cet ordre pour bondir. Il s'élança, son énorme corps doué soudain d'une singulière agilité. Les cavaliers talonnèrent leurs chevaux et toute la troupe coupa à travers la lande.

La distance entre la bête et les fugitifs s'amenuisait à vue d'œil. Bientôt l'animal fut sur le moins rapide, refermant ses crocs sur sa jambe et le faisant rouler à terre. L'esclave poussa un cri déchirant, vite remplacé par un terrible hurlement de douleur. La bête lui fouaillait les chairs, broyant les os de ses larges mâchoires. Enfin, le molosse referma la gueule sur la gorge offerte. Les cris cessèrent, remplacés par un sinistre gargouillis. Le corps mutilé ne bougeait plus.

Le museau souillé de sang, la bête se releva d'un bond, tournant son mufle dans la direction du second fuyard.

Celui-ci n'était pas allé très loin. Il avait cherché une arme improvisée et, dos à un arbre, un mauvais bâton à la main, attendait l'attaque.

Sur un ordre d'Ammien, les cavaliers s'arrêtèrent à quelque distance. Seul Flavius continua à avancer avec ses soldats. Les yeux étrécis, le fauve était reparti et, arrivé à quelques toises, sauta d'un bond formidable.

Le bâton se brisa sur son crâne. Enlacés dans une

étreinte mortelle, l'homme et la bête basculèrent. Le pêcheur se défendait avec l'énergie du désespoir, mais les crocs acérés s'étaient déjà refermés sur son menton, lui arrachant le bas du visage.

Un hurlement inhumain jaillit de la gorge du blessé, le sang l'inondait. Il agonisait, mais se débattait encore, et la bête, agacée par cette résistance inhabituelle, le déchiquetait vivant. Puis soudain, alors que le molosse s'écartait un peu, un trait siffla et se planta dans la gorge de l'homme. Le molosse grogna de dépit, secouant le corps inerte.

Flavius rendit l'arc à son second, qui le remit dans son étui. Talonnant son cheval, Ammien fonça vers lui.

— Vous auriez pu tuer Mausuetus ! s'écria-t-il avec fureur.

— « *Ira furor brevis est* », « La colère est une courte folie », disait Horace. Je dois vous rappeler que je suis ici pour ramener des hommes au préfet Rutilius, non des cadavres, répondit Flavius. Si celui-là avait été le druide que nous cherchons, c'est votre chien qui aurait pris la flèche. Quant à ce pêcheur, même les empereurs accordent leur clémence à ceux qui font face !

Le Grec ne répondit pas. Un de ses hommes lui apporta les têtes sanglantes qu'il suspendit à l'arçon de sa selle. Le regard mauvais, il se détourna. Quelques instants plus tard, ils repartaient.

# Chapitre 5

*« D'après Démétrios, parmi les îles qui entourent la Bretagne, plusieurs sont désertes, dispersées, et quelques-unes tirent leurs noms de démons ou de héros. Naviguant dans ces régions, sur ordre du roi pour s'informer, il aborda dans la plus proche de ces îles : elle n'avait pas beaucoup d'habitants, mais ils étaient sacrés aux yeux des Bretons et à l'abri de toute injure de leur part ; à son arrivée, un grand trouble venait de se manifester dans l'air, accompagné de signes célestes nombreux ; les vents soufflaient avec fracas et la foudre tomba en plusieurs endroits (...). »*

*De defectu oraculorum*. Plutarque.

# 21

Les chevaux allongeaient de plus en plus l'encolure et celui d'Yder avait trébuché à plusieurs reprises. Ils arrivaient à l'orée de la forêt et Oengus ordonna de faire halte. Yder ôta les selles et le harnachement, rendant leur liberté aux bêtes qui hennirent de plaisir. Elles broutèrent un moment l'herbe gelée, caracolant et s'ébrouant avant de faire demi-tour et de reprendre au trot le chemin de la cité d'Alet.

Les deux hommes et l'enfant pénétrèrent dans la forêt de *Sessiacum* avec l'impression d'entrer dans un temple.

Les Romains y avaient ouvert une voie pour le passage des chars. Elle tranchait les étendues boisées en deux et pourtant, en comparaison des piliers immenses qui la bordaient, on eût à peine dit la sente d'un lièvre.

Impressionné, Dylan leva la tête vers la cime, cherchant le gris du ciel à travers les feuillages secs des chênes rouvres. Le seul bruit était le souffle du vent qui gémissait et dont la voix lugubre les accompagnait.

Ils marchèrent ainsi un long moment sur le sol durci puis Oengus s'arrêta et leva la main.

— Il faut quitter la voie, dit-il.

Yder regarda nerveusement derrière lui, observant la trouée déjà lointaine, cette percée lumineuse d'où ils étaient venus. Il croyait déjà apercevoir les silhouettes des cavaliers lancés à leur poursuite.

— Ils... Ils arrivent, n'est-ce pas ? bégaya-t-il, imaginant son cadavre offert en pâture aux corbeaux.. Je... Je le savais. On n'aurait jamais dû quitter la prison.

— Les voies romaines sont toujours les plus droites possibles et cela malgré les obstacles, n'est-ce pas ?

— Oui.

— Connais-tu la direction du Mont-Dol par rapport à la route menant à Legedia ?

Yder essaya de répondre, mais un tremblement irrépressible l'agitait, faisant claquer ses dents. Le druide posa sa main sur son épaule.

— Il n'y a pas de temps à perdre, Yder, ou ce que tu redoutes le plus arrivera, fit Oengus en renforçant la pression de ses doigts.

Etait-ce son contact ? La force qui se dégageait de lui ? Les tremblements de l'ancien esclave s'apaisèrent et il put répondre :

— La route est droite. Le Dol se trouve sur notre gauche vers la mer. Une mauvaise sente y mène. Elle ne permet pas le passage des chevaux, seulement celui des hommes.

— Nous devons être encore loin de cet embranchement ?

— Oui. Mais si nous longeons la voie nous finirons par la croiser.

Oengus savait le danger qu'il y avait à s'enfoncer dans une forêt inconnue sans en avoir appris les repères, mais c'était ça ou tomber sous les flèches des archers.

— Maintenant écoute-moi, Yder, fit-il en baissant le ton. Le vent n'est pas du bon côté, et il porte l'écho de nos paroles plus sûrement qu'un messager ailé. Nous allons faire silence.

L'ancien esclave acquiesça.

— Nous allons égarer nos poursuivants, mais pour cela tu feras exactement ce que je te dirai.

Nouveau hochement de tête.

— Suis-moi !

Prenant la main de l'enfant dans la sienne, Oengus s'enfonça dans les taillis, suivi par l'ancien esclave. Il les entraîna, écartant les branches qui entravaient le passage et bientôt la voie qu'ils avaient quittée disparut de leur vue. Le druide avançait sans hésiter, tant et si bien que pour Yder, qui ne le quittait pas des yeux, il semblait connaître le chemin.

Les troncs étaient si serrés que par endroits, ils devaient contourner des bosquets entiers. Les feuilles sèches craquaient sous leurs pas. Dylan, plus petit, se glissait sous les obstacles et marchait d'un pas plus ample que ne le laissaient supposer sa petite taille et ses courtes jambes. Il avait cet air concentré et déterminé qu'Oengus lui connaissait bien.

Enfin le druide fit signe de s'arrêter. Il se pencha, ramassant au pied d'un arbre une petite plante au feuillage duveteux. Il la tourna dans ses doigts avant de la montrer au jeune garçon.

— Tu te souviens, fils, quand tu as rassemblé les herbes pour me guérir ?

L'enfant acquiesça d'un signe de tête. Il se souvenait surtout de la bataille terrible avec le Balafré et de la baleine blanche qui avait jailli de l'océan pour séparer les combattants avant d'agoniser sur la grève[1].

— Tu vois celle-là, reprit le druide, elle se nomme l'herbe aux loups. Elle les tient éloignés mieux qu'un fouet. Je veux que tu me cueilles toutes celles que tu verras. Et vite ! Vous aussi Yder, aidez-le.

L'esclave observa le feuillage et se joignit à l'enfant qui s'était déjà penché pour en ramasser une poignée.

1. Voir le premier volume de la Trilogie Celte : *Par le Feu*.

Pendant ce temps, Oengus retourna sur ses pas pour effacer leurs traces. Quand il revint, un solide bâton de coudrier à la main, ses deux compagnons avaient rassemblé leur cueillette. Le druide fit trois boulettes de feuilles, en tendit une à Dylan, l'autre à Yder et garda la dernière pour lui.

— Celles-là sont pour plus tard. Faites comme moi.

Et il piétina les herbes en faisant une purée dont il dissémina les restes sur le sol autour d'eux.

— Partons ! Ils approchent. À l'heure qu'il est, ils ont dû trouver nos montures et se lancer à travers bois.

Un frisson parcourut le corps de Dylan. Mélange de froid et d'angoisse. L'enfant commençait à sentir la fatigue. Il avait de plus en plus de mal à marcher et il fallait toute son obstination pour garder le rythme. Le froid remontait de ses pieds jusqu'à sa nuque. Il se secoua, et d'un bond, sauta par-dessus une souche. S'il voulait tenir, il ne fallait plus qu'il s'arrête.

Ils reprirent leur course, Oengus brouillant souvent leur piste.

La forêt s'épaississait de plus en plus. Des taillis et des ronciers formaient d'inextricables barrières.

Soudain retentit un aboiement caverneux qui résonna longtemps sous la voûte des arbres. Yder s'arrêta net.

— Mausuetus ! dit-il. (Et l'effroi faisait trembler sa voix.) C'est le dogue d'enfer !

Oengus écouta l'écho qui se répercutait entre les troncs.

— Ils sont encore loin, allons-y ! Et silence !

Il obliqua presque à angle droit et, plus que jamais, semblait connaître son chemin, ouvrant la voie de son bâton de coudrier.

Ils s'arrêtèrent un instant près d'une mare. L'eau en était translucide, le vent y dessinait de courtes vaguelettes qui usaient la rive. Dans la boue de la berge, restait l'empreinte des sangliers et des loups qui étaient venus s'y abreuver.

— Buvez ! ordonna le druide.

L'esclave et l'enfant s'agenouillèrent, recueillant l'eau glacée dans le creux de leurs paumes. Oengus les imita, puis vida dans la mare le contenu d'une bourse qu'il gardait à sa ceinture. L'eau se teinta un court instant d'un étonnant rouge incarnat puis la couleur s'estompa et elle reprit son aspect normal.

— Qu'avez-vous fait ? murmura Yder.

Le druide posa son doigt sur ses lèvres pour lui intimer le silence.

Au loin retentit le sinistre hurlement du chien de sang qui les avait pris en chasse.

## 22

Alors qu'ils approchaient, eux aussi, de *Sessiacum*, les légionnaires entendirent un bruit de cavalcade et virent déboucher devant eux les chevaux lâchés par les fugitifs.

Un des soldats les attrapa sans difficulté. À la vue des montures, Ammien jura. Il savait, tout comme les autres, qu'il serait plus difficile maintenant de pister les fugitifs. Loin devant eux, le molosse disparut dans l'ombre des grands arbres.

Le Renard marmonna des phrases que seul comprit le tribun qui chevauchait à ses côtés.

— L'est point bête celui qui mène. M'est avis qu'c'est pas le Yder. L'est brave mais pas bien fin question de ces affaires-là.

Le tribun observa plus attentivement l'éclaireur. Le Grec lui avait dit qu'il était le bâtard d'un soldat romain et d'une femme d'Alet. De petite taille, presque malingre, l'homme avait sur la face un air endormi. Il contemplait les gens la bouche ouverte, articulait avec difficulté, semblait peiner à comprendre les ordres. À le voir ainsi, on l'eût dit simple d'esprit. Mais quand il pensait n'être pas observé comme en cet instant, ses yeux brillaient d'une vive intelligence. Le tribun songea que tout cela n'était que pure dissimulation. L'homme faisait ce qu'il pouvait pour survivre et ne portait pas forcément dans son cœur le sang romain de ce père qui les avait abandonnés, lui et sa mère. Et ce n'était pas avec un maître comme Ammien qu'il allait changer d'avis.

Les cavaliers pénétraient à leur tour sous le couvert des arbres. Le ciel s'assombrissait de plus en plus, virant à la couleur du plomb.

— D'la neige, grommela le Renard.

Ammien vint placer son cheval près du sien.

— Qu'en dis-tu, toi !

— J'en dis que pour l'instant, le Molosse a encore la piste, et qu'faut le suivre.

Ils avançaient, saisis par l'imposante végétation qui se refermait sur eux. Jamais, sauf peut-être sur les rives du Rhin, le tribun n'avait vu de forêt comme celle-là. Les troncs paraissaient aussi vieux que l'empire, larges comme des piliers de ponts et hauts comme des *insulae* de sept étages.

Le lieutenant leva la main.

— *Signa statuere* ! Halte !

Les soldats s'immobilisèrent.

Le chien les attendait au milieu de la voie. Il aboyait et l'écho de son cri se répercutait dans le silence de la Profonde.

L'éclaireur avait déjà sauté à terre et s'était agenouillé pour examiner le sol. Il se releva vite, alla au bas-côté, fit quelques pas, examina une branche cassée, l'herbe gelée écrasée par le poids d'une botte.

— Ont coupé à travers bois, fit-il laconiquement.

Le Grec regarda la forêt qui s'étendait devant lui, les fûts serrés les uns contre les autres, les fougères desséchées, les ronces, le lierre qui recouvrait les troncs nus.

— Et alors ?

— Ben... Faut abandonner les montures et aller à pied comme eux.

— Pied à terre ! ordonna le lieutenant.

Il sauta sur le sol, caressant au passage la tête du molosse avant d'examiner les traces que lui désignait le Renard.

— Où penses-tu qu'ils aillent ainsi ?

L'autre regardait son chef par en dessous, un peu de bave se formant à la commissure de ses lèvres.

— J'sais point, marmonna-t-il. L'un d'eux est un druide. Peut-être y rejoint les siens dans la Profonde ?

— Examine mieux la piste, gronda le Grec en secouant l'homme qu'il avait saisi par la capuche de sa caracalle. Et sers-toi de ta jugeote si tu ne veux pas que je te fasse bastonner !

Ammien s'éloigna en maugréant, choisissant parmi ses soldats ceux qui ramèneraient les chevaux à Alet.

— À quelle distance sommes-nous du Mont-Dol ? demanda Flavius qui s'était approché de l'éclaireur.

La veille au soir, le tribun avait regardé les cartes et discuté avec le pilote du navire. S'il restait bien un endroit de ce côté où le druide pouvait se réfugier c'était le Mont-Dol. Lieu sacré pour les druides et pendant un temps pour les Romains, protégé par la forêt comme le mont Tombe et Tombelaine, il paraissait l'étape idéale pour les fugitifs.

Le bonhomme se tourna vers lui. Il avait à nouveau son air borné. Il haussa les épaules sans répondre.

— Je sais que tu n'es pas celui que tu veux paraître, fit le tribun sans perdre son calme. « *Vulpem pilum mutare, non mores* », « Un renard change de poil, mais non de caractère », disait Suétone. Je suis sûr que tu tiens plus du renard que de l'âne. Sans doute ne portes-tu pas les Romains dans ton cœur. À voir comment Ammien te traite, tu devrais te choisir un nouveau maître.

Une brève lueur s'alluma dans les yeux de l'éclaireur puis s'éteignit aussitôt.

— Si tu veux que je te sorte de ses griffes, donne-moi satisfaction et je te donne ma parole que tu n'auras pas à t'en repentir !

— Le Mont-Dol... fit soudain le bonhomme. Si on continue la voie, on croise une sente qui y mène. Elle est vieille et étroite, mais des hommes à pied peuvent y passer.

— Quelle chance avons-nous de retrouver les fugitifs là-dedans ? questionna le tribun en montrant les taillis d'un mouvement du menton.

L'autre haussa les épaules.

— Autant que de retrouver une aiguille de pin dans un feu ! Surtout avec la neige qui va tomber.

Flavius jeta un œil vers le Grec. Il ne regardait pas de leur côté.

— Ecoute, le Renard ! Je vais suivre mon sentiment et continuer avec mes soldats sur cette voie. Ensuite nous irons à pied sur la sente et gagnerons le Dol.

— Vous pensez que le druide va là-bas ?

— Oui, et toi aussi, l'homme, je le sais. Et cela ne te plaît pas d'y conduire Ammien. Vu comment il traite les fuyards, je te comprends. Ne proteste pas ! Ce n'est pas un reproche. Et n'oublie pas mes paroles.

— J'oublie jamais rien, dit l'autre en le regardant bien droit. Ni les coups qu'on m'a donnés ni les promesses qu'on me fait.

— Cela me convient. Maintenant, dis-moi comment reconnaître la sente ?

La lueur s'était rallumée dans les yeux de l'éclaireur et Flavius comprit qu'il avait choisi son camp.

— Avant de l'apercevoir, vous verrez sur votre gauche un arbre à rubans. Un arbre chef, un frêne mort au tronc gris auquel les gens nouent les tissus de leurs vœux.

— Tu crois donc encore aux vieilles croyances. Bien, l'homme, j'ai rien contre.

— Faudra faire attention, poursuivit l'éclaireur. Cette sente-là, plus personne la prend et les druides ont fait pousser des taillis pour pas qu'on la repère.

— Ça ira. Je te retrouverai sur le Mont, car si les fugitifs perdent Ammien, ils ne t'égareront pas, toi !

Il remonta en selle. L'éclaireur avait repris son air bonasse. Le molosse s'impatientait, tournant autour de son maître. Du ciel tombaient les premiers flocons.

## 23

Grâce à un paysan qui les avait renseignés, Eogan, Fergus et leur guide étaient partis dans la direction de la forêt de *Sessiacum*. L'homme avait vu les légionnaires se séparer mais le gros de la troupe allait vers Legedia. Il leur faudrait donc traverser la Profonde. Depuis, les jeunes gens avaient couru sans s'arrêter autrement que pour souffler de temps à autre et repartir. C'est Owein le premier qui vit les busards tournoyant haut dans le ciel gris. Le jeune gars s'arrêta net, bientôt rejoint par ses compagnons.

— Eh bien, que t'arrive...

Fergus s'interrompit, il avait vu ce qui avait fait blêmir le gars. Le cadavre atrocement mutilé, couvert du sang d'un homme que se disputaient des corbeaux. Il s'avança, chassant les oiseaux à grands gestes. Les charognards s'éloignèrent en protestant avant de revenir se poser à quelques pas du corps, attendant que les intrus s'en aillent pour reprendre leur festin.

Les jeunes gens ne disaient mot. Eogan pensait à son père et se surprit à supplier Lug de le sauver.

L'appel des busards leur fit relever la tête. Ils tournaient au-dessus d'un bosquet de noisetiers. C'est à quelques toises de là, qu'ils trouvèrent les restes du pêcheur. Ce n'était qu'une vaste plaie sur laquelle s'étaient acharnés les corbeaux.

— Qui les a décapités ? demanda Fergus, un goût de bile lui montant à la bouche à la vue de la dépouille. Et où sont les têtes ?

— C'est le Grec, dit Owein dont le teint avait viré au verdâtre. On dit qu'il garde les crânes pour boire dedans, et qu'un mur de sa maison n'est fait que d'ossements.

— Et c'est le molosse qui les a mis dans cet état !

Ce n'était pas une question mais Owein y répondit tout de même :

— Oui, et l'homme a résisté. Alors la bête s'est acharnée.

Eogan s'était penché sur le corps mutilé, examinant la flèche dont la pointe restait encore enfoncée dans la gorge.

— Quelqu'un l'a achevé.

— Certainement pas Ammien. Ce doit être le tribun que nous avons vu sous la bannière du Christ. Peut-être devrions-nous faire demi-tour ? fit Owein d'une voix plaintive. On peut rien contre ceux-là.

— Nous continuons, Owein, dit le Rouge, et toi avec nous.

— Je préférerais pas...

— Je te fais promesse que dès que cela sera possible, tu repartiras chez toi, ajouta Fergus.

Le druide fouilla dans la bourse qu'il portait à la taille et en sortit le denier qu'il avait ramassé sur l'île des neuf magiciennes.

— Tiens, c'est pour toi. Nous t'en donnerons un autre quand nous aurons retrouvé nos amis.

Le gars mordit la pièce. Un peu de couleur était revenu à ses joues. Il topa sur la main que lui tendait le Rouge.

— Il faut repartir, ajouta Eogan. Il va neiger et cela effacera les traces.

## 24

Mausuetus, insensible à la fatigue et aux épines des ronciers, filait devant les légionnaires, le nez au sol. Derrière lui, silencieux et concentré, marchait l'éclaireur.

Dans le sous-bois avec la neige qui s'était mise à tomber, la lumière avait baissé. Au début, les flocons fondaient avant même de toucher le sol, laissant sur leurs visages un voile humide, puis la neige s'était faite plus drue et son silence les avait enveloppés. La fourrure de l'éclaireur avait blanchi, les uniformes des soldats aussi.

Soudain, Mausuetus poussa une série d'aboiements plaintifs. Comme fou, les yeux injectés de sang, le molosse crachait, tournait en rond, gémissait de douleur, frottant son mufle de ses griffes.

— Qu'est-ce qu'il a ? demanda le Grec en se tournant vers l'éclaireur qui examinait le sol avec attention.

L'homme s'était agenouillé, ramassant un paquet de plantes broyées que commençait à recouvrir la neige. Il saisit entre ses doigts une petite feuille presque intacte à l'aspect duveteux tirant vers le gris. Une plante qu'il reconnaissait bien pour l'avoir lui-même utilisée dans des circonstances similaires.

— L'herbe à loups ! grogna-t-il.

— Qu'est-ce que tu veux dire ? C'est du poison ?

L'autre montra le chien d'un geste.

— Pas vraiment, y serait déjà mort si l'autre avait voulu le tuer, mais son nez ne reviendra pas avant un jour ou deux.

Un murmure s'éleva parmi les légionnaires.

— Silence, vous autres ! Et toi aussi ! cria Ammien en décochant un solide coup de pied dans le flanc du molosse.

Puis il se tourna à nouveau vers le Renard :

— Il n'y a plus que toi maintenant pour trouver la piste. Ne me déçois pas, ou ta tête ira rejoindre celles des autres.

Mais le petit homme était déjà reparti. Les légionnaires se remirent en route en silence. La petite troupe s'arrêtait souvent, laissant l'éclaireur décrire des cercles pour retrouver les traces qu'Oengus avait effacées. La neige s'arrêta un moment. Le vent sifflait entre les troncs. Le Grec se taisait, la mine mauvaise, le dogue à ses côtés.

Enfin, ils arrivèrent près d'une mare. Le sol alentour était encore boueux et marqué d'empreintes humaines.

— Ils sont venus là, et ils ont bu, lâcha le Renard.

— On ne sait combien de temps va durer tout ça, maugréa le lieutenant. Que ceux qui veulent boire ou remplir les gourdes le fassent.

Une dizaine de soldats s'exécutèrent pendant que les autres attendaient. L'accalmie avait été de courte durée, le vent avait tourné et la neige tombait à nouveau.

L'éclaireur décrivait à nouveau de larges cercles, observant la moindre éraflure sur les troncs, le froissé des feuillages, la brisure des plantes ; mais la neige rendait sa tâche de plus en plus difficile et il ne trouva pas ce qu'il cherchait.

Les soldats attendaient, le lieutenant allait et venait. La neige escamotait le monde sous son manteau. Les branches s'alourdissaient. Le Renard ne pouvait annoncer qu'il avait perdu la trace. Il repensa au tribun et décida lui aussi de rallier le Dol. Il savait que les fugitifs se dirigeaient de ce côté, et même s'il hésitait à lancer le Grec sur leur piste, pour l'instant, il devait sauver sa peau.

Seulement, il lui fallait se repérer. Avec tous ces détours il n'était plus si sûr de lui.

— Qu'est-ce que tu fais à attendre ainsi ? demanda Ammien en s'approchant. Quand repartons-nous ?

L'éclaireur désigna un des plus hauts chênes.

— J'dois monter.

— Eh bien monte ! Et vite ! gronda l'autre que tout ce temps perdu exaspérait.

Non sans mal, à cause de la neige qui rendait le tronc glissant et l'ascension difficile, le petit homme se hissa vers la cime. Une fois installé sur la fourche la plus haute, il fit tomber les paquets de neige qui le gênaient et scruta l'horizon. La neige n'était point trop dense et le chêne rouvre dominait les autres. Il lui sembla discerner sur sa gauche la forme trapue du Mont.

— Par Epona ! Faites que j'me trompes pas.

Le vent faisait grincer les branches. Il s'essuya le visage, souffla sur ses doigts gourds et se laissa glisser à terre.

— Par là, fit-il en reprenant la tête du convoi.

La marche devenait difficile, la neige était légère mais elle leur arrivait aux genoux et les ralentissait. Elle cessa de tomber quand l'éclaireur remonta à la cime d'un arbre. Cette fois, le Dol était bien visible. Ils ne s'étaient pas déroutés.

Une fois descendu, il proposa à Ammien une courte halte le temps qu'il retrouve de nouvelles empreintes.

— Parce que t'en trouves encore ? fit l'autre. Avec cette neige ? Mais bon, empreintes ou pas, c'est ta tête que tu joues ! Débrouille-toi comme tu veux, grimpe aux arbres, creuse la neige, mais conduis-moi aux fuyards !

Le Renard s'enfonça dans les buissons. Les soldats plantèrent boucliers et lances dans le sol. C'est à ce moment précis que le premier légionnaire tomba à terre en se tordant de douleur.

## 25

Flavius avait fait prendre le trot à ses légionnaires et, au bout d'un moment, ils aperçurent enfin l'arbre mort.

C'était un frêne immense aux branches livides et tordues, un arbre sur lequel flottaient des centaines de rubans et de morceaux de tissus noués. Le tribun ordonna à ses hommes de mettre pied à terre et expliqua au lieutenant Cassius, son meilleur limier, ce qu'il attendait de lui. Il commençait à désespérer et regrettait l'absence du Renard quand, enfin, quelque chose attira le regard de Cassius.

— Tribun, appela le lieutenant. Ici, les épineux sont si serrés qu'ils forment une muraille. La main de l'homme a aidé la nature. Il n'y a pas un pied mais plusieurs plantés si proches les uns des autres que les branches acérées semblent provenir d'un seul et même tronc.

Flavius contourna l'obstacle et aperçut une mince piste recouverte de neige. Un sourire se dessina sur ses lèvres. Ils avaient trouvé. Ils seraient au Dol avant Ammien.

Le Grec avait bien essayé de protester quand il lui avait annoncé son intention de continuer sur la voie avec ses soldats, mais que pouvait-il dire à un militaire de plus haut rang que le sien ? Il s'inclina et regarda s'éloigner la bannière du Christ avant de s'enfoncer dans les bois avec ses hommes.

Plus que jamais, Flavius voulait trouver le druide avant Ammien et la fin cruelle des deux fuyards y était pour beaucoup. Le tribun était guerrier, fils d'une lignée d'officiers romains que ni la perspective de la mort ni la douleur ne faisaient reculer. Jamais il n'avait torturé ni utilisé des bêtes fauves pour tuer des hommes. Il répugnait à ces pratiques que d'aucuns employaient sur les Barbares arguant qu'ils n'étaient pas humains. Flavius voulait mener les fuyards à Alet. Une fois là-bas, s'il le fallait, il les garderait prisonniers à bord de la trirème jusqu'à ce qu'ils soient jugés.

Le sifflement du vent le ramena à la réalité. Suivi de ses guerriers, il s'enfonça dans la forêt, sur la piste oubliée qui conduisait au Dol.

## 26

La sente était vieille, creusée par les pas des hommes et les traces des animaux. Après maints détours, Oengus l'avait retrouvée. Depuis un moment, elle s'élargissait, retrouvant un peu de son antique splendeur. Comme dans les bois sacrés d'Irlande, une main avait sculpté sur les troncs des arbres chefs d'effrayants visages. Les statues étaient anciennes, certaines étaient tombées en travers du chemin, d'autres étaient couvertes de mousses ou rongées par les intempéries. Personne, depuis bien longtemps, n'en avait taillé de nouvelles.

Elles étaient pourtant le signe qu'il touchait au but. Quand il avait parlé de l'Armorique avec Adeon, le druide d'Iona lui avait dit de marcher jusqu'au Dol puis au Mont Tombe où là, enfin, il trouverait ce qu'il cherchait.

Mais que voulait-il ? Mettre le talisman à l'abri était la seule chose qui lui venait à l'esprit. Pourtant, il aurait pu le faire sur Iona s'il n'était pas reparti avec l'enfant[1].

« On ne quitte pas si vite une vie d'errance et de guerre », lui murmura une voix intérieure. Adeon le savait, il aspirait à la paix et au repos. Après toutes ces batailles et le sang versé, il aurait voulu retourner vers les siens, enfiler à

1. Voir le second volume de la Trilogie Celte : *Par la vague*.

nouveau le manteau blanc brillant des druides, fêter Belteine et Samain.

Il regarda le bois rongé des visages et se demanda s'il n'était pas trop tard. Ici, le temps semblait avoir passé plus vite que chez eux, en Irlande. Les dieux et les druides avaient-ils déjà abandonné les hommes ?

Au loin retentit l'appel lugubre d'un loup.

Combien de temps avaient-ils marché ? Il n'aurait su le dire. Pendant un long moment, malgré ses précautions, il avait craint que les autres ne les rattrapent. Le vent qui avait tourné leur avait apporté les aboiements du molosse, puis plus rien. La neige était venue, recouvrant tout, étouffant le bruit des pas et le son des voix. Et il avait su qu'ils étaient sauvés... Pour l'instant.

Le chemin continuait à s'élargir devant eux comme si la forêt ouvrait les bras, les rendant au monde et à sa lumière.

Au bout de l'allée, comme au fond d'un puits, brillait une intense clarté.

Dylan avançait derrière lui sans se plaindre, trébuchant au moindre obstacle, les jambes tremblantes, les yeux cernés. Yder soufflait, épuisé, lui aussi. Oengus songea qu'ils avaient besoin de repos et de nourriture. Malgré son endurance, il sentait la fatigue peser sur ses épaules et rompre les muscles de ses cuisses.

La lumière devenait de plus en plus intense. Elle était d'une blancheur absolue, d'une blancheur de cygne, d'une blancheur de l'Autre Monde.

Enfin les troncs et les taillis se clairsemèrent. Ils clignèrent des yeux, éblouis.

Ils étaient à l'orée d'une immense clairière recouverte de neige. Au centre se dressait une colline en forme de table que survolaient des aigles de mer.

— Le Dol ! murmura Oengus reconnaissant la montagne sacrée sans l'avoir jamais vue.

Elle était de ces lieux qu'ils apprenaient. De ces lieux qui étaient les piliers du monde.

L'enfant poussa un grognement et glissa à terre, évanoui. Oengus se pencha et, l'enveloppant du mieux qu'il put dans son manteau, le jeta en travers de ses épaules. Il tendit son bâton à Yder et ils repartirent, s'enfonçant dans la neige jusqu'à mi-cuisses.

## Chapitre 6

*« Rien ne s'oppose à ce que je débute à la façon d'Homère : Ogygie est une île lointaine de la mer, à une distance de cinq jours de navigation de la Bretagne, vers l'ouest. Trois autres îles, aussi éloignées de cette île qu'elles le sont entre elles, sont situées en avant, tout à fait au nord-ouest. Dans l'une de ces îles, suivant les récits légendaires des Barbares, Saturne aurait été emprisonné par Jupiter. »*

*De facie in orbe Lunae*. Plutarque.

# 27

Assis sur son rocher le vieil homme faisait face à l'horizon tant de fois contemplé. Il était vêtu d'une tunique de peau doublée de fourrures de loup et ses pieds enveloppés de bandages étaient glissés dans de solides galoches.

De cet endroit où il prenait place chaque soir au coucher du soleil et chaque matin avant les premières lueurs de l'aube, le regard embrasait d'immenses étendues, de Tumba et Tumbellana jusqu'à Legedia. Les couleurs ocre des grèves et des herbues se mêlaient à la ligne gris-vert de l'océan et au moutonnement livide de la forêt attaquée par la montée des eaux.

Insensible au froid, le vieux druide restait assis là de longues heures, se remémorant sa vie, ses vies. Tant il est vrai que l'âge venant, notre enfance ne nous appartient plus, qu'elle devient celle d'un étranger, un être vigoureux et fort étranger à notre nature et à nos pensées. Gwen, c'était son nom, avait vu tant de massacres, d'incendies, de pillages. Les autres druides, ses compagnons, avaient disparu les uns après les autres du Mont-Dol.

Il était le dernier, sans même un fils d'apprentissage à qui passer son savoir. Seuls venaient parfois sur le Mont quelques bergers ou habitants du marais, lui déposant de menues offrandes : pain de sel, sac d'épeautre, fruits sauvages.

Ils n'étaient plus que trois gardiens en cet endroit de la *Terre en longueur*, un sur chacun des promontoires à guetter « Celui qui devait venir », le messager, celui qui donnerait le signal de la fin de leur monde.

Les nuits avaient succédé aux nuits et Gwen attendait toujours. Dans la journée, il allait et venait, utilisant toujours les mêmes sentes, s'installant parfois pour somnoler sous un abri de feuillages.

Il vivait dans une grotte creusée dans le flanc du mont, non loin du lieu où jadis, il y a bien longtemps, venaient s'abreuver les grands animaux : rhinocéros, éléphants, rennes, lions, ours. Ces animaux dont il aimait, pensif, à toucher les restes : os, défenses acérées, larges crocs...

Ce matin-là, alors que le soleil levant jetait ses premiers feux, il sentit que le Messager était proche et avec lui, autre chose qu'il ne distinguait pas encore. Comme en réponse le vent lui apporta un hurlement lointain. Un hurlement comme jamais de sa vie il n'en avait entendu. Ce n'étaient pas les loups, eux aussi gardiens du Mont et de la forêt profonde. Non, c'était une bête de sang et de mort.

Un frisson parcourut son échine et le druide porta la main à la petite roue de bois d'if suspendue à son col. Il invoqua Lugus, le dieu suprême, qu'il lui donne la force de combattre. Il sentait son vieux cœur cogner sous sa tunique. Serait-il assez fort pour accomplir ce qui devait l'être ?

Un changement s'était produit dans le ciel. Les nuages couraient, poussés par le vent et leur teinte virait au fer. Une douleur élança les jambes de Gwen. Il allait neiger.

Le moment était venu, il ramassa le bâton de coudrier posé à ses côtés, se leva et, le dos courbé, commença à ramasser du bois sec. Il lui en faudrait beaucoup pour ce feu-là. Le signal que ses frères attendaient, là-bas sur Tumba et Tumbellana.

## 28

Eogan, Fergus et Owein étaient à leur tour entrés dans la Profonde. La neige tombait sans discontinuer. Elle les aveuglait, s'accrochant aux vêtements, recouvrant la piste de ceux qu'ils poursuivaient.

C'est Fergus, le premier, qui sentit la vibration des fers sous ses bottes. Il marchait devant, essayant de discerner dans les empreintes l'histoire de ceux qui les avaient précédés. Cela lui rappelait ses interminables parties de chasse avec sa mère Brigit. Comme tout cela était loin. L'Irlande. Les chevauchées avec les chiens sur les rives glacées du Lough Neagh. Brigit brisant net la charge d'un sanglier, son javelot s'enfonçant dans le crâne de l'animal. Sa mère, la rude et farouche guerrière dont le regard s'adoucissait quand il se posait sur lui.

Le sol tremblait. La rêverie fit place à la réalité : l'on galopait vers eux à bride abattue. Il se jeta dans les taillis en entraînant ses compagnons. Des cavaliers passèrent devant eux. Mais alors qu'ils s'attendaient à se trouver nez à nez avec la troupe tout entière, il n'y avait là qu'une trentaine de montures menées par quelques soldats.

— Ils ont laissé leurs chevaux, murmura Owein. Qu'est-ce que cela veut dire ?

— C'est Oengus ! Il les a forcés à couper par la forêt, commenta Fergus que l'habileté de l'homme à la lame d'argent réjouissait.

— Votre Oengus est bien malin qui mène à sa guise les légionnaires d'Ammien et le Molosse ! siffla Owein.

Eogan pensait de même, mais les mots ne franchirent pas

ses lèvres. Il ne voulait qu'une chose, se trouver face à face avec son père et pour cela, il fallait qu'il échappe aux Romains. Le silence était retombé sur la forêt, les cavaliers avaient disparu.

— Sans le labour des chevaux, la piste va devenir difficile à suivre, remarqua Fergus en époussetant ses habits et en se redressant.

Eogan se répéta une nouvelle fois la prédiction de Deirdre : *« Au péril de vos vies, les neuf magiciennes, vous croiserez. Par le vent d'Alet, serez menés. Par le molosse d'Épire pourchassés. Au Mont-Dol, par le feu de Gwen, guidés. Au Mont Tombe, trouverez ce que vous cherchez. Avec le Fils de la Vague, franchirez le gué de la peur et aborderez au rocher brillant sur la plaine d'argent... »*

Au fur et à mesure de leur avancée chaque mot s'éclairait. Chaque phrase prenait son sens et les guidait vers le but. Ils avaient vu les neuf magiciennes, traversé Alet, croisé le molosse d'Epire...

— Sommes-nous loin du Mont-Dol ? demanda-t-il brusquement à Owein qui, songeur, regardait la route.

Depuis qu'il avait vu les cadavres, le fils de l'aubergiste avait changé. Il sursautait au moindre bruit et si les druides ne l'avaient pas surveillé, il serait reparti en courant vers Alet. Guider, il savait faire et même s'il ne connaissait pas les sentes aussi bien que le Renard, grâce au métier de son père, il avait sillonné les routes plus qu'un autre, conduisant de lourds convois chargés de tonneaux aux riches patriciens isolés dans les *villae* autour de la cité d'Alet. Mais là, il jouait sa vie. Fergus lui avait donné un denier, mais qu'était une pièce de monnaie en regard de la mort ? Et une mort atroce. Alors qu'il se tenait le long de la route, il sentit la peur lui nouer le ventre. Ses jambes tremblaient et pour un peu, il se serait pissé dessus comme il avait vu faire certains condamnés.

— Eh bien ? s'impatienta Eogan.

— Loin du Mont-Dol ? répéta le jeune gars, l'air absent. Non pas. La voie de Legedia croise une ancienne piste qui y mène.

— Pourquoi t'intéresses-tu au Dol ? demanda Fergus.

— As-tu oublié la prédiction de Deirdre ? Il y est question de deux monts, tout d'abord le Mont Dol ensuite le Mont Tombe. Je suis sûr que nous y trouverons Oengus.

Eogan se tourna à nouveau vers le fils de l'aubergiste :

— Connais-tu aussi le chemin de Tumba ?

— Oui-da, fit le garçon. Mais j'y suis point allé. C'est dangereux...

Owein s'interrompit, se renfermant dans un silence buté.

— Continue ! ordonna Eogan.

— Y faut traverser la forêt blême et les marais mouvants. Les gens qui vont par là en reviennent pas. Le Mont Tombe c'est le séjour des géants et des dieux.

Une terrible angoisse voila son regard, comme si le fait d'évoquer Tumba pouvait faire apparaître quelque sinistre et difforme créature venue pour le tuer.

Eogan sentit qu'il n'en tirerait rien de plus. Il posa sa main sur son épaule et, d'une voix douce, essaya de le rassurer :

— Allons, allons ! Il n'est pour l'instant question que d'aller vers le Dol. Reprenons notre route. Nous avons assez perdu de temps.

Owein obéit à contrecœur. Eogan se promit de le surveiller davantage. Ils ne pouvaient se permettre de le perdre. Pas maintenant, alors qu'ils avançaient dans la Profonde.

Ils arrivèrent bientôt à l'endroit où les légionnaires avaient coupé à travers bois. Malgré la neige dont le tapis s'épaississait à vue d'œil, la trace du passage des soldats restait visible, éraflures sur le tronc des chênes, branches cassées...

— Que faisons-nous ? dit Fergus en se tournant vers son ami.

Eogan évalua leur chance de se lancer à leur tour dans ces épais halliers. Il savait les dangers de la Profonde dont le principal était l'égarement. Combien d'hommes avaient fini ainsi, croisant et recroisant sans cesse leurs pistes jusqu'à la folie ? Il secoua la tête. Tout druides qu'ils soient, ils ne connaissaient pas les chants de *Sessiacum*, nul ne leur avait appris les repères, les mares, les souilles des sangliers, les rochers et les ravins.

— Cette sente pour le Dol, elle est loin ? demanda-t-il à Owein.

— Non, point trop.

— Alors on continue et on essaye de rejoindre le Mont Dol. De toute façon, si la prédiction de Deirdre continue à se confirmer, « *par le feu de Gwen* » nous serons bientôt guidés.

À l'énoncé de ce nom, le gars sursauta :

— Vous... Vous connaissez le Gwen ?

— Pourquoi ?

— Brian, mon père, l'allait voir quand il était jeune pour prendre conseil. Une fois, alors que ma mère vivait encore, il m'a mené à lui et j'ai bu l'eau de la source. Gwen vit là-haut, c'est l'un des trois gardiens.

— Gardiens ?

— Oui, un pour Tumba, un pour Tumbellana, un pour le Dol.

Une fois de plus, songea Eogan, tout se mettait en place comme en Irlande ou à Alba. Les lieux sacrés et leurs gardiens jalonnaient leur route.

## 29

Pendant tout le jour, Gwen avait ramassé le bois, l'empilant du mieux qu'il pouvait.

Heureusement, il connaissait l'emplacement de chaque arbre : châtaigniers centenaires, houx, chênes, noisetiers, hêtres, frênes. Enfin, le bûcher le dépassa en hauteur.

Épuisé par sa tâche, le vieux secoua la neige qui s'amoncelait sur ses galoches et retourna à son abri de feuillage.

Il s'assit pour manger un morceau de galette et une pomme. Il caressa le fruit à la peau ridée. Gwen aimait les pommes. Il n'en aurait bientôt plus et cela l'attristait. C'était sa gourmandise et les bergers le savaient qui lui en portaient toujours un panier ou deux à la fin de l'été. Il les rangeait, tout comme ses légumes et ses graines, dans des silos souterrains, une succession d'amphores enterrées qui lui permettaient de tenir jusqu'au printemps.

Il croqua lentement le fruit, profitant de chaque bouchée, et acheva sa galette, c'était sa seule nourriture avec la bouillie d'épeautre qu'il mangeait chaque soir.

Un cri rauque lui fit lever la tête. Les aigles de mer décrivaient de larges cercles au-dessus de lui. Ils étaient une vingtaine. En cette période de l'année, la pêche était bonne et les grands oiseaux se rassemblaient.

L'un d'eux vint se poser près de lui et le vieux lui parla dans la langue sacrée. L'aigle s'envola à nouveau. La neige s'était calmée, ce n'était plus que des flocons épars qui tourbillonnaient autour de lui. Un rayon de soleil frappait l'abri et une vague torpeur envahit le vieillard qui s'endormit.

Quand il se réveilla la neige avait recouvert toute chose. Il resta immobile un moment, puis sentant l'humidité pénétrer jusqu'au plus profond de sa chair, il se leva. Un sentiment d'urgence le menait désormais. Il ne restait plus beaucoup de temps, le messager allait venir et avec lui, derrière lui, la mort et la désolation.

S'enfonçant jusqu'aux genoux, il marcha lentement vers le bûcher. Il s'arrêta soudain : un imperceptible frisson agitait les feuillages gelés.

Les branches s'écartèrent alors, et deux hommes accompagnés d'un enfant, apparurent. Oengus soutenait Dylan qui avait repris ses esprits et avait voulu marcher. Gwen s'avança vers eux, retrouvant pour l'occasion, l'ancienne formule :

— « *Paix jusqu'au ciel. Du ciel jusqu'à la terre. Terre sous le ciel. Force à chacun !* », clama-t-il d'une voix cassée.

— Que Lug soit avec toi, ô mon aîné ! répondit Oengus en saluant l'aveugle. Mon nom est Oengus à la lame d'argent, l'enfant se nomme Dylan. Notre compagnon vient de l'île de Man et s'appelle Yder.

— Mon nom est Gwen, fit le vieux en s'inclinant très bas.

— Il ne convient pas de te courber ainsi devant nous, ô mon aîné, protesta Oengus en l'aidant à se redresser.

La vue du vieil homme, le premier druide qu'il croisait depuis son arrivée sur la *Terre en longueur*, troubla profondément Oengus. Ses vêtements étaient ceux d'un miséreux et il était seul, abandonné de tous, non par sa volonté mais parce que les hommes lui avaient tourné le dos. Parce que les hommes n'honoraient plus le « très divin ». La fin de leur monde, celle que tous lui avaient prédie, se dressait là devant ses yeux. Elle avait le visage d'un vieillard aux orbites vides qui bientôt rejoindrait l'Autre Monde.

Gwen s'était redressé et un sourire extatique sur les lèvres, avança sans hésiter vers l'enfant sur les épaules duquel il posa les mains. Ses doigts parcoururent les joues et le front de Dylan, suivant le contour de sa bouche, de ses sourcils, de son menton.

— Par Sucellus, le dieu frappeur, il y a si longtemps que je t'attends ! fit l'aveugle. Et même si ta venue est le signe du reflux, ce jour est grand.

L'enfant ne réussit qu'à pousser un son étranglé. Comme à chaque fois qu'une émotion le bouleversait, il sentait remuer en lui les souvenirs de sa vie d'avant. Celle d'avant le grand naufrage. Il voyait des rochers plus blancs que la plus blanche des neiges, des visages, et aussi une haute tour de pierres sur une falaise. Puis tout s'effaçait, ne laissant que l'obscurité. Il saisit les mains de l'aveugle et les porta à son front.

— Cela fait si longtemps que je t'attends, reprit Gwen. Mais venez, le temps presse.

— Tu ne crois pas si bien dire, ô mon aîné, fit Oengus. Les Romains nous pourchassent. As-tu quelque abri où nous pourrions nous reposer un peu avant de repartir ? Nous n'avons pas mangé de deux jours, ni dormi. Mais nous ne devons pas te mettre en danger par notre présence ici.

— En danger !

Il y avait de l'amusement et aussi de la fierté dans la voix du vieil homme.

— Par Epona ! J'ai vécu mon temps et je ne crains plus rien, Oengus à la lame d'argent. Suivez-moi ! Ici, sur le Dol, rien ne vous arrivera.

Et Gwen, avec l'étonnante assurance de celui qui parcourt le même chemin chaque jour depuis bien des années les entraîna à sa suite.

Bien qu'il ne comprenne mot à la langue sacrée des druides, Yder emboîta le pas à ses compagnons. Plus le temps passait et plus son respect pour Oengus et Dylan grandissait. L'ancien esclave avait l'impression de renouer avec la lumière de son enfance, avec tout ce en quoi il croyait avant d'être prisonnier des Romains, de leur Dieu et de leurs coutumes.

Malgré la neige et les congères qui s'étaient formées ici et là, Gwen les mena tout droit à sa grotte dans le flanc de la falaise.

L'accès en était protégé par d'épais ronciers et un système de fils auxquels pendaient des silex qui, au moindre passage, cliquetaient en s'entrechoquant.

Non sans fierté, le vieux druide leur fit les honneurs de sa caverne avant de leur désigner sa litière.

— Asseyez-vous ! fit-il.

Dans un angle, un chaudron de bronze était posé sur des braises rougeoyantes. Par une mince fente dans la voûte s'échappait la fumée. L'homme s'approcha, jeta un peu de bois sec sur les braises et avec une cuillère à long manche remua le contenu du chaudron.

Puis il disparut dans les profondeurs de la grotte et revint bientôt, tenant à la main un sac en toile de jute qu'il posa devant lui avant de s'asseoir.

— Ceci est pour toi, ô messager, dit-il en sortant du sac trois objets qu'il posa sur le sol. Le premier, il te faudra le porter à l'île de Falias, est un morceau de notre Dol.

L'enfant prit l'éclat de roche pâle que l'aveugle tendait dans sa direction.

— Le second est le signe de qui tu es.

Et il donna à Dylan un singulier pendentif au bout d'une épaisse cordelette de cuir. Un visage d'or à l'expression sévère, comportant trois faces identiques regardant dans trois directions différentes.

— Mets-le, insista Gwen.

Enfin, le vieux saisit une pierre ronde striée de rayures verdâtres, de la taille d'une petite pomme.

— Celui-là est l'*anguinum*, l'œuf de vérité. Il était celui de mes pères, il y a bien longtemps lors des grandes assemblées. Il sera le tien désormais, ô messager, si tu l'acceptes.

Dylan poussa un faible grognement et prit l'œuf de pierre. Oengus le regardait sans mot dire. Il comprenait soudain que la seule vraie tâche qui lui avait été confiée était de protéger celui que Lug avait placé sur son chemin. Ned, Dylan, l'enfant muet que d'aucuns qualifiaient de précieux. Plus précieux même que l'épée de Nuada Airgetlam, Nuada au Bras d'Argent, le roi des *Tuatha dé Dânann*, le guerrier de la bataille de Mag Tured, qu'il gardait à l'épaule dans son archais de cuir rouge.

Les paroles d'Adeon[1] lui revenaient : « *Il porte sur lui un signe, un grain noir étoilé sur le dessus du pied, ses doigts de pieds ne sont pas comme les tiens, Oengus, ils sont liés entre eux comme les palmes d'un canard. Son nom est Dylan, on le surnomme le Fils de la Vague.* » Il se souvenait de l'enfant se jetant à la mer pour rejoindre la baleine. Il y avait eu tant de signes et il n'avait pris garde à aucun, aveuglé qu'il était par sa douleur. Mais il savait maintenant qu'il n'avait pas choisi sa destination et que Lug lui-même l'avait envoyé ici sur le Dol afin qu'il comprenne, qu'il soit éclairé.

L'enfant caressait la figurine aux trois faces qu'il avait passée à son cou.

— Dylan te remercie, ô mon aîné, fit Oengus. Il en sera fait ainsi qu'il doit être et à Falias nous porterons le Dol.

Les yeux du vieux étaient humides. Il se détourna afin qu'aucun ne puisse voir les larmes qui roulaient sur ses joues. Sa tâche était accomplie et une grande fatigue l'envahissait.

— Il est temps de manger et de prendre du repos, déclara-t-il. Aide-moi, l'homme, veux-tu ?

Yder se leva précipitamment. Il était resté silencieux, lui

1. Voir le second volume de la Trilogie Celte : *Par la vague*.

aussi, comprenant que la vie lui permettait de regarder ce que peu de gens de sa sorte avaient pu contempler.

Gwen remplit trois écuelles et y planta des cuillères de bois :

— De la bouillie d'épeautre. Vous verrez, cela vous fera du bien !

Le garçon se jeta sur son bol, vidant le contenu comme seul un enfant affamé sait le faire. Puis il se roula en boule et, pelotonné contre Oengus, s'endormit d'un coup. Le druide le recouvrit avec douceur d'une peau de loup.

Alors qu'Yder et lui finissaient leurs écuelles, le vieux reprit :

— J'ai préparé le feu pour prévenir les autres.

— De quel feu parles-tu ?

— Un grand bûcher sur le haut du Dol, face à Tumba et Tumbellana, ainsi les gardiens sauront que le messager est arrivé.

— Ton feu attirera aussi les Romains, ô mon aîné.

— Qu'importe ! Vous serez loin. Ecoute-moi. Quand vous sortirez de cette caverne, il te faudra descendre tout droit dans les broussailles. Arrivé au pied du Dol, tu trouveras par endroits, trois traits sur la roche, en d'autres lieux, des piliers de bois enfoncés dans le sol. Cela te conduira au Mont Tombe. Mais prudence ! Le sol est dangereux et la forêt guerrière. Si tu veux égarer tes poursuivants, contente-toi de déplacer un ou deux repères. Et ne t'écarte jamais du chemin que je t'ai tracé.

— J'ai compris, ô mon aîné.

— L'enfant doit rejoindre Tumba. Là, il fera ce qu'il doit et toi aussi, puis vous partirez vers le Nord du Monde. Le bateau est prêt. Cela fait longtemps qu'il est prêt. Depuis bien des siècles de trente ans. Les marins vous attendent et Dylan saura le mener.

— La mer est mauvaise en cette saison.

— Pas pour lui. Aie confiance Oengus. N'oublie pas qu'il est le Fils de la Vague.

— Et toi, viendras-tu avec nous ?

— Moi ? Non. Ma place est ici jusqu'au bout. Je te retrouverai de l'autre côté des eaux dans le Mag Meld, Mag Mor, Tir na mBéo, Tir na mBan, Tir na nOg.

— Qu'il en soit ainsi, ô mon aîné. « *Cela sera un jour de beau temps éternel, sur le rocher très blanc sur le brillant de la mer.* »

Le silence retomba, Yder s'endormit lui aussi et, bientôt, Oengus sentit la fatigue alourdir ses paupières. Son dernier souvenir avant de basculer fut celui du visage amaigri aux orbites vides tourné vers eux.

## 30

Flavius et ses hommes avaient suivi la piste des fugitifs, empreintes de pas profondément marquées dans la neige de la grande plaine entourant le Dol.

— Deux hommes, dont l'un lourdement chargé qui s'enfonce plus que l'autre. Il porte l'enfant, observa l'un de ses soldats.

Le tribun donna à nouveau le signal du départ. Ils pénétrèrent dans le bois qui escaladait les pentes de l'énorme tertre en forme de table.

À l'horizon, le soleil baissait et bientôt sa lumière fuirait le monde, remplacée par celle de la lune. Des loups hurlaient dans le lointain. Il encouragea ses hommes et tous hâtèrent le pas, débouchant enfin sur le vaste plateau au sommet du Mont.

Flavius s'attendait à y débusquer les fuyards mais n'y

trouva qu'un vieillard maigre entouré d'une nuée de corbeaux. Les oiseaux posés autour du vieil homme semblaient l'écouter. Parfois, un croassement retentissait, mais il était comme une réponse au murmure de la voix de Gwen.

Ils s'avancèrent et les corbeaux, dérangés, s'envolèrent en criaillant furieusement. L'homme leur tournait toujours le dos. Il ne broncha pas.

— *Signa Statuere !* Légion, halte ! ordonna le tribun.

Les légionnaires s'immobilisèrent, enfonçant lances et boucliers dans la neige devant eux. Le tribun marcha vers le vieux. Celui-ci, sans paraître se soucier de sa présence, jeta la torche plantée à ses pieds, sur l'énorme bûcher devant lequel il se tenait.

Malgré la neige et l'humidité, des grésillements retentirent aussitôt et en quelques instants, de hautes flammes s'élevèrent, illuminant la forêt alentour.

— Tu es donc les Romains ! fit Gwen en se tournant vers Flavius qui s'aperçut alors que les yeux du vieillard étaient crevés.

— Je suis tribun de Rome. Mon nom est Flavius. Et toi, qui es-tu ?

— Gwen. Je t'attendais, Flavius.

— Pourquoi ce feu ?

— Pour le fer de Luchta, dit-il en plongeant son poignard dans le feu.

— Je ne comprends pas, fit le tribun. Mais tu parles de Romains. Il en est de plus redoutables que moi et ton feu va les attirer. Tu as caché les fugitifs, vieil homme, je le sais. Je veux les voir et les remmener à Alet avec moi pour qu'ils soient jugés et non massacrés par celui qui me suit.

— Tu es bien jeune, tribun, pour parler ainsi à un vieillard et lui ordonner ce qu'il ne saurait faire. Approche, que je sache si ta bouche dit la vérité ou le mensonge, et tends-moi la main !

Le tribun obéit et avant qu'il ait pu réagir, le vieux passa sur sa paume la lame rougie à la flamme. Le vieux était rapide et il avait visé juste. Bien qu'il n'ait ressenti nulle douleur — et pourtant le fer avait laissé son empreinte dans sa chair — Flavius vacilla.

— C'est le jugement de Luchta, le jugement du fer, tribun. Tu as dit vrai et ton âme est claire. Mais je ne peux te conduire vers les fugitifs, ils sont déjà loin.

— La nuit est tombée. Je ne te crois pas, vieil homme, ils n'ont pu repartir. Ils sont là quelque part sur le Dol.

— Si cela était, que ferais-tu ? Les chercher en pleine nuit ?

Mécontent, le tribun secoua la tête. Les flammes éclairaient le visage du vieillard, accentuant le vide de ses orbites, soulignant ses pommettes et son cou amaigri.

— Je pourrais te faire dire la vérité !

— Crois-tu donc que je craigne la mort ?

Et alors qu'il disait fièrement ces mots, il se mit debout et droit face au tribun.

— *La mort est le milieu d'une longue vie.* Veux-tu me crever les yeux ? Les tiens l'ont déjà fait.

— Non. Je ne suis pas de cette race-là ! Je suis un guerrier, vieil homme, non un barbare.

— Tu es chrétien, n'est-ce pas ?

— Oui, et je porte sur mon labarum le signe du Christ.

— Nous croyons donc tous deux en l'immortalité des âmes, tribun Flavius. Il fut un temps où ton peuple respectait nos croyances, à défaut de suivre notre enseignement.

Flavius se rappela l'amitié de son père pour les druides et leurs talents. Le vieil homme reprenait :

— Nous allons disparaître, nous les druides, et vous, les Romains avec nous. Mais un jour ici s'élèvera une église qui...

Un légionnaire s'était approché de son officier, après l'avoir salué, il lui avait désigné deux points lumineux à l'horizon.

— Ils viennent de s'allumer, Tribun.

— Qu'a-t-il dit ? demanda le vieux.

— Que des feux viennent d'apparaître du côté de l'océan.

— Les gardiens ont reçu mon message, murmura le vieil homme. Je peux mourir, maintenant.

Et il glissa aux pieds de Flavius.

Le tribun s'agenouilla. L'homme était mort. Il referma avec douceur les paupières parcheminées sur ces yeux qui, depuis longtemps, ne voyaient plus rien que les paysages intérieurs.

Il se redressa, regardant le corps à ses pieds puis les feux au loin. Il savait qu'il ne trouverait pas les fugitifs maintenant. Ammien était encore loin et il avait besoin de réfléchir.

— Légionnaires ! ordonna-t-il. Formez le camp ! Nous campons ici ! Deux d'entre vous pour s'occuper de cet homme.

Alors que ses soldats achevaient de recouvrir le corps de pierres, Flavius contemplait le brasier allumé par le druide en se demandant ce qu'il pouvait bien signifier. Il avait envoyé un message, on lui avait répondu. Mais pourquoi tout cela ? Est-ce que cela avait un rapport avec les fugitifs ?

Il resta longtemps immobile, les yeux perdus vers cet horizon inconnu à essayer d'imaginer ce que les jours à venir leur réservaient à lui et à ses hommes.

Le froid eut raison de lui. Il inspecta le camp mis en place par ses légionnaires et pénétra à l'intérieur de la barrière d'épineux qu'ils avaient dressée. Elle encerclait le brasier, les toiles enduites de goudron étaient prêtes. Planté à côté de sa tente, l'étendard du Christ scintillait, éclairé par le feu druidique. Les soldats avaient installé les litières et préparé les gibiers que l'un d'eux avait chassés alors qu'ils traversaient la forêt.

Flavius achevait son repas, quand la corne d'un guetteur retentit. Deux coups brefs, un long. C'était Ammien et ses légionnaires. Il se leva et s'avança vers l'entrée du camp pour les accueillir.

— Pour quelqu'un qui n'est pas du pays et qui n'avait pas de guide, je me demande comment vous avez pu arriver avant nous, tribun ?

Le ton était courtois mais l'éclat des yeux démentait l'affabilité du Grec. Le Tribun ne répondit pas.

— Enfin, même s'il a dû alerter nos fuyards de notre approche, votre feu nous a guidés, reprit le soldat. Cette sente n'en finissait plus de s'étirer. Et puis ce druide a empoisonné mes soldats avec l'eau d'une mare. Nous avons failli nous arrêter en forêt et les flammes nous ont conduits jusqu'à vous.

Flavius ne détrompa pas le Grec sur l'origine du feu. Il avait de même, sans pouvoir totalement s'expliquer son geste, fait recouvrir de neige le cairn du vieil homme.

— Avez-vous trouvé la trace des fuyards ?

— Nous les avons perdus dans les bois en montant. Il faisait déjà fort sombre quand nous sommes arrivés et il était trop tard pour partir à leur recherche. Voulez-vous profiter de mon campement, lieutenant ?

— Ce serait un honneur, mais mes hommes vont monter le nôtre. Nous reprendrons la poursuite demain.

Le lieutenant salua, et très raide, tourna les talons, son molosse à ses côtés. Les soldats de Flavius remirent la barrière en place et le tribun songea qu'il ferait mieux de doubler la garde. Alors qu'il laissait retomber le pan de toile de sa tente, il aperçut une silhouette se glisser dans la forêt qu'il reconnut pour être celle de l'éclaireur. Il saisit sa tablette de cire et grava avec son stylet dans la matière molle et blanche, le récit de la poursuite et sa rencontre avec le druide du Dol.

Enfin, il s'allongea sur son lit de camp, se répétant une phrase de Térence : « *Homo sum : humani nihil a me alienum puto.* » « Je suis homme et rien d'humain ne m'est étranger. »

Et pourtant, malgré ses efforts, tant de choses lui restaient étrangères.

## Chapitre 7

*« Là, ils voient le soleil se cacher pendant un temps inférieur à une heure durant trente jours. Cet obscurcissement passe pour la nuit ; c'est la lumière crépusculaire, entre chien et loup. »*

*De facie in orbe Lunae*. Plutarque.

# 31

— Regarde, un feu ! s'écria Fergus. Qu'est-ce que cela peut être ?

Harassés, les trois compagnons venaient de déboucher à l'orée de la Profonde. Ils s'étaient assis un moment sur d'énormes blocs rocheux pour tenter de récupérer le souffle que leur avait fait perdre cette longue marche dans la neige.

Au milieu de la plaine immaculée se dressait le Dol au sommet duquel luisaient les hautes flammes d'un brasier.

— Peut-être les Romains ? Ils auront dressé un campement pour la nuit.

— Que faisons-nous ?

Alors même qu'il posait cette question et qu'il sentait la fatigue lui rompre les jarrets, Fergus ne voyait guère d'autre issue que de continuer. Un large sillon laissé par le passage des légionnaires menait droit au Dol.

Derrière eux, c'était la forêt d'où montait l'appel lointain des loups.

— Reposons-nous un moment et repartons sans tarder, dit Eogan.

— Mais si ce sont les Romains, là-haut, on est perdu ! protesta Owein. Leurs guetteurs vont nous repérer.

— Nous ne pouvons perdre le temps que nous avons gagné et la nuit nous avantage, rétorqua Fergus.

— Le vent est pour nous, ajouta Eogan, je n'aimerais pas qu'il tourne et mène notre odeur au Molosse. Nous trouverons un abri au pied du Dol.

Le gars ronchonna puis se tut. Il était épuisé et ses paupières se fermaient malgré lui.

Secoués par le vent, de gros paquets de neige tombaient des arbres. Au loin, le feu brillait toujours. Owein s'était assoupi. Les deux amis restaient silencieux.

— Est-ce la proximité de celui que tu n'oses nommer ton « père » qui te rend muet ? finit par dire le Rouge.

Le Sombre se tourna vers lui. Il avait les traits tirés et des cernes noirs soulignaient le gris pâle de ses yeux. Un vague sourire erra sur ses lèvres. Il serra longuement la main de son compagnon dans la sienne.

— Tu sais toujours ce qui se passe en moi, Fergus. À quoi bon te l'expliquer ?

— Peut-être pourrais-je t'aider à accepter ce qui doit l'être ?

— Que veux-tu que j'accepte ? gronda soudain Eogan. La mort ignominieuse de ma mère ? Le fait que son assassin soit mon père ? Non je n'accepte rien. Et tôt ou tard, nous allons lui et moi nous trouver face à face...

Il s'interrompit. Fergus savait qu'il ne servait à rien de l'affronter ouvertement sur un terrain aussi sensible. Il biaisa :

— Nous avons croisé bien des sages, fit-il.

Eogan attendit la suite mais comme elle ne vint pas, il demanda :

— Que veux-tu dire ?

— Que tu ne peux mettre en doute la parole de celui qui nous a enseignés, le haut druide Gwydion, ni celles de tous ceux que nous avons rencontrés. Que l'un d'eux soit dans l'erreur peut être possible, mais que tous le soient et c'est cela qui t'enrage, ne peut être !

Eogan ne répondit pas. Tous lui avaient dit que le sang ne devait plus couler, que s'il fallait condamner Oengus, il faudrait aussi les mettre à mort, eux les très sages.

Oengus avait obéi aux ordres et après, ravagé par la douleur d'avoir tué celle qu'il aimait, il avait disparu, renonçant à sa dignité de druide et au haut destin qui l'attendait.

— Tu ne dis rien ?

— Que veux-tu que je dise que tu ne saches déjà ou ne devines ? rétorqua le Sombre d'un ton désespéré. Aifé, ma mère, est de jour en jour plus lointaine dans mon cœur mais les rares fois ou je la vois encore, elle me réclame la vengeance que je lui ai promise. Elle veut que je tue son bourreau. Mon père !

La voix du jeune homme s'était soudain enflée d'une rage impuissante. Elle réveilla Owein de la somnolence qui l'avait gagné.

— Écoutez ! fit ce dernier en se laissant glisser à terre.

Une brève et lointaine série d'aboiements, puis un long cri, avaient retenti tel un sanglot qui n'en finissait plus.

Le jeune gars fixa les ténèbres derrière eux et avala sa salive. Il lui semblait déjà voir luire des milliers de prunelles jaunes. Il souffla :

— Les loups !

— Ils doivent chasser quelques cerfs qu'ils ont débusqués, répondit le Sombre qui, tout en disant cela, songea que le vent qui soufflait du Mont devait pousser leur odeur vers les bêtes noires.

— À moins qu'ils ne nous aient sentis et que le gibier ce soit nous ! protesta l'autre.

Comme pour ponctuer ces paroles, une mélopée sauvage et rauque s'éleva. Les loups hululaient et leurs voix, allant de l'aigu au grave, montaient vers la lune, puis d'un coup, elles se cassèrent et le silence revint.

— Filons ! s'écria Owein.

— Tout à l'heure, c'est tout juste s'il ne fallait pas te tirer ! gronda Eogan. Tu ne voulais plus avancer d'un pas et maintenant tu voudrais courir.

Les trois compagnons se remirent en route.

— Il a la peur des loups ! dit Fergus en haussant ses larges épaules. Et j'avoue qu'à moi aussi, leurs plaintes me donnent le frisson.

— Ce n'est pas pour autant que tu cours comme un lapin, rétorqua Eogan en montrant le fils de l'aubergiste qui filait devant eux à grandes enjambées. Avant qu'ils ne s'attaquent à nous, ils essaieront du gibier moins coriace et puis, il n'aime pas la chair des hommes.

Owein, qui l'avait entendu, s'arrêta pour rétorquer :

— C'est point vrai, ô druide. Ici, ils s'attaquent aux hommes, grommela-t-il. Ils sont trop nombreux pour le gibier qui reste, ils ont ravagé une *villae* et dévoré non seulement le bétail, mais tous les habitants. Si c'est la même meute, croyez-moi, ils aiment notre chair et y sont habitués.

— Eh bien, nous voilà prévenus ! Assez parlé maintenant, allons-y ! ordonna Eogan.

Et ils repartirent, avançant péniblement dans une neige dont la surface devenait de glace. Le sol était inégal et par moments, quand ils s'écartaient malgré eux de la sente creusée par les Romains, ils s'enfonçaient jusqu'au ventre. Au loin retentit à nouveau l'appel de la meute. L'écho le répercuta longtemps.

Fergus secoua la tête. Il était impossible de savoir si les bêtes noires étaient proches, si elles venaient vers eux ou s'éloignaient. La forêt amplifiait les bruits et le vent poussait le son plutôt que de le ramener à eux.

Le Rouge glissa la main vers le couteau pendu à sa ceinture, regrettant de ne pas avoir une épée, une masse ou même un gourdin plutôt qu'une lame si courte.

Devant lui, Owein courait en gémissant comme un enfant effrayé. Les prunelles agrandies, le fils de l'aubergiste imaginait d'improbables et monstrueuses formes jaillissant de la neige pour le dévorer. Il ne réfléchissait plus, l'esprit et le raisonnement obscurcis par la terreur. Les hurlements avaient repris, plus forts.

Au loin, comme en répons, retentit l'aboiement caverneux du Molosse d'Epire.

— Je ne sais quel fauve je préfère, marmonna Fergus que l'inquiétude d'Owein avait gagné et qui jetait de temps à autre un coup d'œil par-dessus son épaule. Ils s'approchent, j'en suis sûr.

— Nous le saurons bien assez tôt, répondit Eogan essayant de masquer l'angoisse qui l'envahissait à son tour.

Alors qu'il regardait une nouvelle fois la lisière de la forêt, le Rouge crut que ses yeux lui avaient joué un tour.

Une forme grise avait jailli de la pénombre entre troncs d'arbres et rochers, un mouvement rapide, puis plus rien. Le jeune homme attendit et à nouveau quelque chose bougea. Cette fois, plus de doute, un loup et un autre et un autre encore.

Ils devaient être une dizaine à se rassembler là, leurs pelages gris-noir se confondant avec les ombres et les rochers proches.

— Eogan ! Les loups !

Le Sombre se retourna. Ils entendirent Owein étouffer un cri et le gars partit en courant vers le Dol.

— Reviens ! cria Eogan. Owein, reviens !

Mais c'était en vain, le fils de l'aubergiste était déjà loin et rien n'aurait pu lui faire rebrousser chemin.

L'attention du Sombre se reporta sur les bêtes.

Elles étaient à découvert maintenant et semblaient

danser, illuminées par la clarté lunaire, tournant, caracolant, se jetant les uns sur les autres.

— C'est pour nous, fit-il. Ils se réjouissent d'avoir débusqué leur gibier, ils vont bientôt repartir.

Comme pour confirmer ces paroles, les loups s'immobilisèrent. L'un d'eux, une bête plus large et haute que les autres, prit la tête, escortée d'une louve. Derrière ces deux-là, à quelque distance, venait le reste de la meute.

Ils filaient les uns derrière les autres sur la sente ouverte par les Romains.

— Ils vont aussi vite qu'un cheval au galop ! maugréa Fergus. Et la neige ne les ralentit même pas.

— Droit sur nous. C'est le mâle qu'il faut abattre en premier ! Cela désorientera les autres, souffla Eogan à son ami. Ne touche surtout pas à celle qui l'accompagne, ce doit être sa favorite. Si tu la tues avant, ce sera la curée !

— On va pas mourir comme ça ! grommela Fergus.

Avec une assurance qu'il ne ressentait plus, Eogan répliqua :

— On ne mourra pas !

Les deux jeunes gens solidement campés sur leurs jambes, leurs couteaux bien en main, attendaient l'attaque.

L'énorme mâle au pelage gris était tout proche maintenant, devançant la meute.

Il se figea à quelques toises, ses yeux couleur de plomb fondu braqués sur les hommes.

— Ne bouge pas, souffla Eogan.

Le fauve s'était mis à ramper. Derrière lui, la louve ne bougeait pas, les autres non plus. L'énorme bête était si proche qu'il leur semblait voir chaque détail de son pelage. Son odeur musquée venait à leurs narines.

Fergus sentait ses muscles se tendre malgré lui et un frisson courut sur sa nuque. Il serra les dents. Puis, d'un coup, avec un bref gémissement, le loup se redressa. Tendant son mufle vers la lune, il lâcha un long hululement aussitôt repris par les autres.

Le chef de meute et sa louve bondirent, les contournant par la gauche. Les autres passant à leur droite.

— Mais que font-ils ? s'écria Fergus, stupéfait.

En quelques instants, la meute était déjà loin, le grand loup la guidait vers le Dol et la silhouette en mouvement d'Owein.

Le soupir qu'il avait si longtemps retenu jaillit de la poitrine de Fergus.

— Mieux vaut être l'archer que la cible, fit-il.

— Ils ont choisi le gibier qui fuit, celui qui est isolé et montre sa peur ! remarqua Eogan. Il se peut aussi que le chef de meute ait senti l'odeur du Molosse mêlée à la nôtre et que cela ait suffi à le faire changer d'avis.

— Je ne savais pas que tu connaissais les loups.

— C'était à Tara, quand j'étais enfant. Une fois que tu étais retourné au pays de Brigit, ta mère. Gwydion les connaissait bien et savait leurs habitudes. Je l'ai vu capturer un chef de meute et le promener en laisse comme un chien ! Il m'a beaucoup appris.

— Owein est perdu, n'est-ce pas ? demanda Fergus qui suivait du regard la petite silhouette que rattrapait la meute des bêtes noires.

— À moins qu'il n'arrive à grimper à l'un des arbres du Mont.

— Il en est loin encore.

Le chef de meute avait bondi, mordant la jambe du fugitif et le faisant rouler à terre. Owein se releva et repartit en boitant. Les animaux trottaient derrière lui. Ils ne semblaient pas pressés.

— Ils vont l'affaiblir jusqu'à ce qu'il ne puisse plus se

relever. Allons-y, repartons, il nous faut gagner l'abri du Dol. Il n'est pas sûr qu'après en avoir fini avec Owein, ils ne s'en prennent pas de nouveau à nous.

— Il ne tiendra pas longtemps.

— Non, sans doute moins qu'un daim ou un cerf.

— Ne pouvons-nous rien faire ?

— Tu sais bien que non, Fergus. Nous sommes trop loin. Ce sera fini avant que nous arrivions.

— C'est terrible !

Là-bas, c'était au tour de la louve d'attaquer. Elle fit au jeune gars une morsure cruelle à l'autre jambe puis recula. Les bêtes s'étaient arrêtées. Owein repartit encore, titubant dans la neige. Son sang maculait le sol.

Le grand loup qui avait contourné sa proie et s'était mis en travers de son chemin, lui sauta à la face. Le vent porta le dernier hurlement du gars. Owein tomba à genoux, puis bascula en arrière. La bête le dévorait vivant. Les autres, à l'écart, attendaient leur part du festin. Quand le grand loup fut rassasié du cadavre déchiqueté, mutilé, couvert de sang, il accepta que sa louve le rejoigne. Puis, tous deux s'écartèrent enfin, laissant la place au reste de la meute.

## 32

Au matin, les légionnaires avaient trouvé la caverne de Gwen. Elle était vide mais Ammien l'avait fait fouiller de fond en comble, déterrant pour tout trésor les jarres de terre cuite enfouies dans le sol où le vieux enfermait ses provisions.

— Ils nous ont échappé ! s'écria le Grec en attrapant l'une des amphores qu'il fracassa avec fureur contre la paroi.

Il décocha un coup de pied à sa bête et hurla :

— Et toi, à quoi me sers-tu ?

La bête se coucha, l'échine hérissée. La fureur du lieutenant se tourna vers ses hommes.

— Où est le Renard ? Qu'on me l'amène !

— J'suis là, fit une voix à l'entrée de la caverne.

— Où sont-ils ?

De sa réponse, l'éclaireur le savait, dépendait sa vie.

— Ont dû partir à travers le marais avant le jour, mais j'ai trouvé la piste.

— Ah !

Ammien n'en dit pas plus. Sa colère ne s'apaisait pas et il aurait bien étranglé quelqu'un de ses propres mains pour se calmer.

— Qu'attendez-vous ? hurla-t-il aux légionnaires qui restaient à distance respectueuse de leur chef. En avant ! À mort la bête !

Pendant ce temps, sur le promontoire illuminé par le soleil, Flavius contemplait l'horizon. Deux collines s'élevaient à la lisière de la forêt, le Mont Tombe et Tombelaine. Derrière elles se dessinait la ligne verte de l'océan.

L'un des promontoires dominait l'autre et il était sûr maintenant que c'était du sommet de ces deux-là que la veille, en réponse au bûcher du vieil homme, s'étaient allumés les feux jumeaux.

Il se remémora sa nuit, ponctuée du hurlement lointain des loups et de la visite du Renard sous sa tente. Avant de s'endormir, il avait donné ses ordres pour que nul ne s'en prenne à l'éclaireur et qu'en cas de visite nocturne, il soit conduit près de lui le plus discrètement possible.

Un officier l'avait introduit en pleine nuit et avait rabattu le pan de toile, les isolant de l'extérieur. L'éclaireur était resté debout devant le tribun.

— Eh bien, te voilà muet ! Que me veux-tu, le Renard ?

— Vous dire que j'accepte votre proposition.

— Cela je le savais déjà, l'homme. Tu l'as accepté quand tu m'as indiqué comment gagner le Dol avant ton maître. Quoi d'autre ?

— J'ai retrouvé la trace des fuyards, ils sont dans une grotte non loin d'ici.

— Et alors ?

— Je suis venu vous demander vos ordres.

— Tu es un homme intelligent, le Renard.

Flavius réfléchit :

— Pour l'instant, nous ne faisons rien, ni toi ni moi. Demain, tu conduiras le Grec à leur cachette en t'étant assuré auparavant que le gibier n'y est plus.

Le Renard hocha la tête, le tribun poursuivit :

— Je ne veux pas qu'ils tombent dans ses mains. Je veux les ramener à Alet vivants, et non bons pour l'équarrissage.

— Je comprends.

— Au fait, qu'est-ce que c'est que cette histoire de poison que m'a contée Ammien ?

Un bref sourire illumina soudain les yeux de l'éclaireur :

— C'est le druide. Il a dû verser quelque potion dans l'eau d'une mare, pas du poison, mais cela a fait rendre tripes et boyaux à ceux qui ont bu et les a affaiblis.

— Je vois, mais toi-même tu n'as point bu, n'est-ce pas ?

— Non. Suis point bête, déjà le druide avait empoisonné le chien, bien étonnant qu'y trouve pas un moyen de faire pareil aux soldats !

— Je voulais te demander autre chose, tu as vu ces feux dans le lointain ?

— Oui.

— D'où viennent-ils ?

L'homme répondit sans hésiter :

— De Tumba et Tumbellana, le mont Tombe et Tombelaine. Avec le Dol, les lieux sacrés des druides.

Le vieux avait donc bien envoyé un message aux siens. Le Renard poursuivait :

— Quand le soleil se lèvera, vous verrez les collines.

— Serait-il possible qu'elles soient le but de nos fugitifs ?

— Oui... Tribun ?

Il y avait de l'inquiétude dans la voix du petit homme.

— Va, je t'écoute.

— Il y avait un homme qui vivait ici, un druide. J'ai vu le cairn sous la neige...

— C'est sa tombe. Il m'a dit s'appeler Gwen. Il est mort quand l'un de mes soldats a annoncé que les feux s'étaient allumés. Tu le connaissais ?

— Un peu. Encore une chose, tribun.

— Quoi ?

— Il y a du monde à nos trousses.

— Que veux-tu dire ?

— Ils étaient trois à nous suivre, depuis Alet, je pense. L'un d'eux s'est fait dévorer par les loups, les deux autres sont cachés quelque part au pied du Mont.

— Qui penses-tu que ce soit ?

— Je ne sais pas, mais je peux les débusquer si vous le voulez.

— Fais-le ! Mais sans qu'ils puissent te repérer ou qu'Ammien et ses hommes se doutent de quelque chose. Va, maintenant, reprit Flavius. Et...

Sa phrase resta en suspens.

— Oui ? fit l'autre.

— Sois prudent ! Je tiens à la peau de mes hommes autant qu'à la mienne.

Un fin sourire éclaira la face du Renard :

— C'est pour cela que je vous ai choisi pour maître.

La toile était retombée, Flavius était à nouveau seul.

Les aboiements du Molosse le ramenèrent à la réalité. Ammien revenait vers lui.

— Le gibier nous a encore échappé, fit-il. Nous repartons mes hommes et moi.

— Nous vous suivons, lieutenant !

## 33

Autour d'Oengus bruissaient les longues tiges desséchées des roseaux. Il faisait plus doux et par endroits la neige fondait, laissant apparaître des herbes noircies par le gel. Des hérons s'envolèrent à leur approche. Ils longeaient le cours d'un ruisseau et autour d'eux, le paysage avait changé. De la forêt, ils étaient passés à de grandes prairies parsemées de bosquets et à des marécages. Au début, le druide avait laissé les repères en place. Il avait son idée et voulait conduire les Romains tout droits dans un piège dont ils ne ressortiraient pas.

*« Le sol est dangereux et la forêt guerrière »*, avait dit le vieillard.

Partis à l'aube, suivant les indications de Gwen, ils avaient suivi sans peine les premières marques laissées par le vieil homme. Mais les piliers s'étaient faits plus rares et les roches entaillées étaient devenues difficiles à trouver. À cela s'ajoutait la fatigue qui, malgré le bref repos qu'ils avaient pris, les tenait encore.

Ils entendaient parfois les aboiements furieux du Molosse et savaient que les légionnaires les avaient pris en chasse. Oengus arracha un poteau et recouvrit les roches gravées d'une couche de neige.

— Il faut aller plus vite ! lui dit Yder alors que le druide lui demandait de s'arrêter.

— Nous ne devons pas quitter la piste de Gwen, tu le sais. Et puis, il y a là quelque chose qui ne me plaît pas.

Oengus saisit un lourd caillou qu'il lança sur l'étendue de terre devant eux. La pierre atterrit avec un choc mou sur le sol recouvert de neige, puis un bruit de succion se produisit et elle s'enfonça.

Quelques instants plus tard, il n'y avait plus qu'un léger creux.

— Je pense que tu ne veux pas finir ainsi ?

— Non, marmonna Yder. Pardonnez-moi, ô druide. Mais de savoir Ammien à nos trousses me fait perdre le sens.

— Allez ! Aide-moi plutôt en veillant à ce qu'il n'arrive rien à Dylan. *La mort n'est que le milieu d'une longue vie*, tu n'as rien à craindre de ce Grec et de son molosse. Ses soldats doivent être malades de la potion que je leur ai donnée. Nous leur avons échappé jusqu'à présent et nous continuerons à le faire.

— Je vais m'occuper de l'enfant.

Et l'homme reporta son attention sur Dylan qui venait de s'agenouiller en poussant de petits cris. Le druide s'approcha. Le visage rougi par le froid et l'excitation, le jeune garçon lui montrait le repère qu'il cherchait : trois longues entailles creusées dans une roche.

Oengus ébouriffa les cheveux roux d'un geste affectueux et ils repartirent. Ils furent bientôt au pied d'une falaise dominant la forêt.

Sur leur gauche, s'étendaient des herbues et au loin, se dessinait la haute silhouette du Mont Tombe. Entre la falaise et le Mont se trouvait un territoire étrange, où le gris cendre dominait. Une forêt comme jamais le druide n'en avait vu. La forêt guerrière dont lui avait parlé Gwen.

Des arbres immenses aux troncs blanchis par le sel, aux branches tordues par le souffle des tempêtes.

— C'est la « forêt morte », fit Yder. Je ne m'en étais jamais approché. C'est un lieu maudit. Les gens d'ici la disent habitée par d'étranges créatures aux chants envoûtants. Ceux qui sont venus là n'en sont jamais repartis.

— C'est la mer qui a fait cela ?

— Oui, aux très grandes marées, elle envahit cette partie de la forêt. Le sel la dévore et, au fur et à mesure, les arbres meurent. Un jour, j'en suis sûr, l'océan cernera le mont Tombe et les marais s'étendront jusqu'au Dol.

Dans l'immense baie, au loin, derrière Tumba, cognaient de hautes vagues. Au-dessus des flots, les oiseaux de mer bataillaient dans un ciel de fureur où flottaient des nuages plus noirs que la nuit.

— Nous ne sommes plus qu'à quatre ou cinq milles de Tumba, déclara Oengus à l'enfant. Il nous faut continuer. Comment te sens-tu ?

Un drôle de sourire déforma le petit visage.

— Il s'est passé tant de choses depuis que nous sommes sur la Terre Longue, reprit le druide. Je ne suis sûr que d'une seule, tu dois retourner d'où tu viens, Dylan. Et ce n'est pas sur les rivages dorés de la baie de Murlough où je t'ai trouvé, mais vers les îles au Nord du Monde.

Un voile passa devant les yeux du garçon. Il aurait tant voulu dire qu'il ne se souvenait que de bribes éparses, que ses pensées n'étaient que brouillards. Sa mémoire quand elle n'était pas emplie du fracas des vagues et de cris de douleur, contenait des mots de la langue sacrée qu'il ne pouvait prononcer, des rituels qu'il n'osait pratiquer.

Il se contenta de pousser un gémissement plaintif. Comme s'il avait deviné ce qui le tourmentait, Oengus reprit avec douceur :

— Ne sois pas inquiet. Je crois que tout se mettra en place comme le disait Adeon et qu'à ce moment-là, la parole te reviendra et avec elle, tant d'autres choses que, sans doute, tu as oubliées. Car tu as oublié ta vie d'avant, n'est-ce pas ?

L'enfant hocha vigoureusement la tête. Il aurait voulu pouvoir crier : aide-moi ! Mais seul un son inarticulé jaillit de ses lèvres.

— Par Lug à la main blanche tu y arriveras et je t'y aiderai.

Ils avaient marché sans faiblir et devant eux, maintenant, se dressait la forêt guerrière, rongée par le sel des plus hautes marées.

Aux branches s'accrochaient les draperies brunes d'algues desséchées. Des ruisselets aux eaux couleur d'huître s'écoulaient entre les troncs.

Les piliers les menèrent à un premier tronc, un vieux chêne sur lequel étaient gravées les trois entailles. Sous leurs pieds, le sol était spongieux comme un tapis de mousse, mélange de spartine, de vase grise et de criste-marine.

Les grands chênes se tordaient dans d'invraisemblables postures, comme s'ils voulaient s'arracher à cette terre stérile. Les racines mises à nu formaient d'inextricables pièges dans lesquels se prenaient les algues.

Parfois, le lierre avait résisté et son feuillage tranchait sur le gris des troncs. Il grimpait vers les cimes créant une illusion verte que l'océan finirait par arracher et jeter à terre.

— Qu'est-ce que c'est que ça ?

La voix angoissée d'Yder leur fit tourner la tête : d'énormes silhouettes rampaient sur le sol.

— Ce sont les créatures ! Nous sommes perdus, fit l'ancien esclave.

— Calme-toi ! rétorqua Oengus, qui essayait en vain de discerner ce qui se déplaçait dans la pénombre.

Seul Dylan avait l'air réjoui. Il criait en désignant les

masses informes. Un aboiement les fit sursauter. Au pied d'un arbre, derrière eux, debout sur ses fortes nageoires se dressait un grand phoque gris.

Une série de cris et de cliquetis retentirent dans la forêt tout autour. Ils devaient être une vingtaine, tout un troupeau, à s'être réfugiés à l'abri de la colère de l'océan.

Un sourire sur le visage, Dylan frappa des mains à son tour et Oengus dut le retenir pour qu'il ne se précipite pas vers les animaux marins.

Les bêtes, après un dernier regard vers les intrus, s'étaient glissées dans l'un des ruisseaux et retournaient à l'océan.

— Ce sont mes guetteurs, fit une voix masculine. Je vous attendais. « *Paix jusqu'au ciel. Du ciel jusqu'à la terre. Terre sous le ciel. Force à chacun !* »

Bien qu'âgé, l'homme était encore vigoureux. Il s'appuyait sur un long bâton et portait en bandoulière un arc et un couire rempli de flèches à l'empennage blanc. Une chevelure et une barbe grises, encadraient un visage rond éclairé par des yeux d'un bleu dur. À son cou pendait la petite roue de bois d'if.

— Que Lug soit avec toi, répondit Oengus en lui rendant son salut.

— Mon nom est Elffin. Je vais vous conduire au Mont Tombe.

— Des légionnaires nous poursuivent.

— J'ai vu leur colonne depuis le Mont, mais ils sont fort loin et ont quitté la voie tracée par Gwen. Ils sont perdus.

— Puisse-tu dire vrai, marmonna Yder pour lui-même.

Et à la suite de leur nouveau guide, ils s'enfoncèrent entre les troncs rongés par le sel.

# Chapitre 8

*« En ce qui concerne Saturne lui-même, il demeure dans une grotte profonde, où il dort sur un rocher brillant comme de l'or ; car c'est par le sommeil que Jupiter a imaginé de le lier. »*

*De facie in orbe Lunae*. Plutarque.

## 34

Elffin les avait guidés jusqu'à une sorte de clairière. Un lieu où l'océan avait déposé des carcasses d'animaux marins qu'encerclaient les squelettes blanchis des chênes rouvres. Sur le sol poussaient de la lavande de mer et des plantes plus proches des algues que de l'herbe. Sur leur droite une levée de terre menait vers le Mont, sur leur gauche une sente s'enfonçait dans la forêt morte.

— Il faut que je vous parle, ô mon aîné, déclara soudain Elffin en s'arrêtant.

— Je t'écoute.

— Nous ne sommes plus très loin de Tumba et le messager y sera hors de danger jusqu'à votre départ.

— Sois-en remercié, répondit Oengus.

L'homme aux cheveux gris ajouta :

— Il est bon que Gwen ait vu le Fils de la Vague avant de mourir.

Oengus se remémora sa propre inquiétude quand ils étaient partis avant l'aube, laissant l'ancien derrière eux.

— Gwen est mort tué par les Romains ?

— Non, il est mort en paix. Avec le reflux, dans les bras de l'un d'eux, qui a ensuite fait placer son corps sous un cairn.

Nous dirons sa lamentation quand nous serons réunis sur Tumba. Tout est à sa place, enfin presque...

Le druide s'interrompit.

— Les légionnaires vont se perdre dans les marais et beaucoup vont périr, reprit Elffin. Mais voulez-vous, ô mon aîné, que tous ceux qui vous ont pris en chasse meurent de même ?

— Je ne comprends pas tes paroles.

— Il n'y a pas que des Romains à vos trousses. Deux hommes vous suivent depuis bien plus loin. Ils ont bravé l'océan et les tempêtes pour venir jusqu'à la *Terre Longue*.

Aussitôt, le druide comprit ce que l'autre essayait de lui dire. Une soudaine pâleur envahit son visage.

— Deux fils d'apprentissage venus de l'île de Môna, poursuivit Elffin, Fergus et...

— Eogan ! ajouta Oengus. Où sont-ils ? Le savez-vous ?

— Leur guide, un jeune gars d'Alet, a été dévoré par les loups. Eux s'en sont sortis sans mal. Ils sont arrivés au Dol après les Romains. Ils y ont dormi dans une grotte. Ils ne connaissent pas le pays. Si nous ne les aidons, ils vont mourir soit par le glaive des légionnaires soit par les sables des marais.

— Ils ne peuvent pas mourir. J'irai à leur recherche.

— Pas seul, Oengus. C'est impossible. Plus qu'ailleurs, celui qui ne connaît pas les chants du voyage dans cette contrée est un homme mort ! Je me suis arrêté dans cette clairière car d'ici nous pouvons continuer vers le Mont Tombe ou faire demi-tour.

— Il faut que Dylan et Yder rejoignent Tumba.

— Je savais que vous alliez dire cela.

L'homme émit un long sifflement. Sur le moment, rien ne se produisit, puis comme si elle était venue de nulle part, une bête grise apparut sur la jetée de terre qui venait de Tumba. C'était une louve au museau blanchi par l'âge. L'animal vint se frotter aux jambes d'Elffin, avant de s'asseoir, observant, la tête inclinée, ceux qui l'entouraient.

— Je l'ai trouvée dans une lovière, sa mère morte à ses côtés, expliqua le druide du Mont Tombe en caressant la tête de l'animal qui glissa son museau dans sa paume et le lécha de sa langue râpeuse. Une fois adulte, elle est partie dans la forêt. Je croyais qu'elle m'avait oublié. Mais, vieillissante, elle est revenue. Elle m'a souvent servi de guide. Malgré son âge, son nez et son oreille restent fins et elle sait tous les dangers bien avant moi.

Elffin prit une mince cordelette qu'il gardait pliée dans sa bourse et la passa autour du cou de l'animal. Enfin il tendit le bout de cette laisse improvisée à l'enfant.

— Voilà pour toi, Fils de la Vague. Elle vous mènera au Mont.

Yder debout à côté de Dylan restait muet, l'enfant avait saisi la cordelette et son regard allait tour à tour de la louve aux deux druides.

— Quant à moi, ajouta le druide, je vous accompagne.

Dylan poussa un sourd gémissement et agrippa la main d'Oengus, lui faisant comprendre qu'il voulait aller avec lui.

— Non, Dylan ! Pas cette fois. Tu dois aller sur le Mont Tombe. Je vais chercher ces deux hommes. Ils sont de notre race et l'un d'eux... L'un d'eux est mon fils.

Les yeux de l'enfant s'agrandirent.

— Tu te souviens à Iona, ceux qui nous suivaient avec tant d'obstination ?

Dylan hocha vigoureusement la tête. Il se remémorait surtout avoir sauvé de la noyade un garçon brun aux yeux gris comme ceux de l'homme à la lame d'argent.

— Celui qui se nomme Eogan est de mon sang, l'autre est son ami. Je dois partir, mais je te jure, par Lug qui nous voit, de revenir vers toi.

L'enfant lâcha la main du druide. Il paraissait si faible et désemparé qu'Oengus sentit son cœur se serrer. Il détailla comme s'il allait ne plus les revoir la silhouette maigre de l'enfant, ses genoux cagneux, le menton pointu et les yeux masqués par la tignasse rousse.

— Tu n'as guère changé depuis notre rencontre, murmura-t-il pour lui-même.

Puis il se tourna vers Yder.

— Tu réponds de lui sur ta vie. S'il lui arrive malheur...

Oengus n'acheva pas sa phrase. L'ancien esclave s'était raidi et c'est d'une voix fière qu'il répondit :

— Depuis que nous avons quitté Alet, j'ai compris beaucoup de choses, ô druide. Nos vies se sont liées dans la prison de la cité et malgré les dangers, Epona n'a pas voulu que nos chemins s'écartent. Je ne suis pas un homme de guerre, mais je protégerai l'enfant et donnerai s'il le faut ma vie pour la sienne.

Le druide posa la main sur l'épaule de l'homme de Man.

— Nous savons, nous les druides, qu'*« un homme vaut plus que sa naissance »*. Je te fais confiance, Yder.

Soudain impatiente, la louve tira sur sa laisse, essayant d'entraîner le garçon.

— Allez-y, il le faut ! les encouragea Elffin. Nous n'avons perdu que trop de temps. Mettez vos pas dans sa trace et tout ira bien.

L'enfant acquiesça d'un signe de tête et, Yder derrière lui, prit le chemin du Mont.

— Le peuple des marais va nous aider, dit Elffin.

Une silhouette guère plus grosse que celle d'un enfant sortit de la forêt. L'homme était mince et si petit qu'il arrivait à peine à la taille d'Oengus. Ses cheveux de la couleur du chanvre étaient tressés. Un torque de cuivre rouge ornait son cou et il portait un arc en bandoulière. Il s'inclina devant les druides. Elffin lui rendit son salut et ils se mirent à parler dans une langue inconnue dans laquelle claquements de langue et sifflements se mêlaient aux mots. Enfin Elffin se tourna vers Oengus.

— Il sait où sont nos amis. Il va nous y mener.

— Sont-ils loin des Romains ?

Elffin répéta la question à l'homme des marais qui répondit d'un sifflement en faisant un large geste de la main.

— Il dit qu'ils vont bientôt se retrouver proches car les uns et les autres tournent en rond dans les marais.

— Ne perdons plus de temps. Partons !

## 35

Sous la conduite du Renard, les légionnaires s'étaient à nouveau enfoncés dans la forêt. Une forêt différente de celle qu'ils avaient traversée la veille, à la fois plus clairsemée et plus difficile d'accès. Pas de voie romaine de ce côté du Dol, pas non plus de sentes autres que celles creusées par les sangliers et les hardes de cerfs. Quant à la neige, elle avait fondu, rongée par les vents salés qui venaient de l'océan. Les soldats s'enlisaient dans la glaise, traversant des ruisseaux aux eaux grossies par le dégel.

Afin que les Romains n'aient aucun doute sur le chemin qu'ils avaient pris, Oengus avait laissé en place piliers et entailles. Et les légionnaires avaient mordu au piège, Ammien en tête.

— Y veut nous perdre, prévint le Renard en se redressant après avoir examiné une nouvelle série d'empreintes trop voyantes.

Le lieutenant s'emporta, se moquant du Renard devant tous :

— Tu es donc aussi bête qu'on le dit ! grogna-t-il. Tu attribues à cet homme des pouvoirs et une intelligence qu'il n'a pas. Seule la chance lui a servi, rien d'autre ! Nous le rattraperons bientôt et alors, le Molosse en fera son affaire.

L'éclaireur repartit à travers les bosquets qui allaient s'espaçant, remplacés par de sombres étendues marécageuses.

Flavius, voyant qu'ils s'écartaient de plus en plus de Tumba, songea que le Grec aurait été bien avisé d'écouter le Renard.

Autour d'eux le paysage changeait et son étrangeté, mélange de prairies, de marais et d'arbres morts, frappa le tribun.

Les soldats s'arrêtèrent à nouveau. Le Renard examina des entailles sur une roche, conversa un moment avec Ammien, puis rejoignit le Tribun à l'arrière de la colonne.

— Ces marques sont récentes, mais le Grec veut rien entendre. L'appât nous mène tout droit au piège, fit-il.

— Explique-toi !

— Si nous continuons comme ça, nous tomberons dans les marais mouvants. Un lieu d'où personne ne revient. Pas plus les hommes que les bêtes à moins qu'elles n'aient des ailes...

— Que doit-on faire ? demanda Flavius.

— Les fugitifs ont pris un autre chemin. Prenez garde à vous et à vos hommes, tribun, et pour l'instant, restez en arrière.

Le Grec s'approchait d'eux.

— Eh bien, le Renard, te voilà soudain bien causant ! s'exclama-t-il avec humeur.

Le gars d'Alet reprit son air borné. Il grogna des mots que personne ne comprit et repartit vers l'avant de la colonne.

— *Mea Culpa !* La faute m'en incombe, lieutenant, déclara le tribun. Je lui demandais si nous allions bientôt toucher au but.

— Que vous a-t-il répondu ?

— Il a le défaut de ne guère comprendre ce qu'on lui

dit. Mais on n'a pas besoin d'être Platon ou Sénèque pour suivre la trace des sangliers ou des druides !

— Je peux vous répondre, moi ! Nous allons bientôt rattraper les fugitifs et rentrer à Alet. Le préfet doit s'impatienter. Voulez-vous vous joindre à moi à l'avant de nos troupes ?

— Cela serait avec plaisir mais il est normal que vos hommes et vous-même soyez les premiers.

Un sourire ironique se dessina sur les lèvres d'Ammien.

— Hier, si je m'en souviens bien, c'est pourtant vous qui étiez le premier au Dol.

Il ne laissa pas au tribun le temps de répondre et tourna les talons. Bientôt l'appel de la trompette retentit et les uns derrière les autres, tant le chemin était étroit, les légionnaires se remirent en route.

Ils pénétraient dans une zone de marécages. De part et d'autre du chemin, des mares aux eaux troubles, des souches pourrissantes sur lesquelles s'agglutinaient d'énormes champignons marron. Une brume jaune flottait dans l'air et une pestilentielle odeur de charnier envahit leurs narines.

Mausuetus, qui trottait en tête, se figea et poussa un grondement sourd.

Un sifflement retentit dans les hautes herbes. Quelque chose glissa, rampa, puis plus rien. Le Molosse ne bougeait pas plus qu'un caillou, grondant toujours. Soudain, il leva le mufle vers le disque blanc du soleil et hurla à la mort.

Les soldats de tête s'arrêtèrent et les épées jaillirent des fourreaux.

— Où est le Renard ? gronda Ammien.

— Il est parti de ce côté, répondit l'un des sergents en désignant un tertre couronné de roseaux.

Un moment passa ainsi puis le Molosse se calma. Le Grec avisa l'un de ses soldats armé d'une lance :

— Toi, là ! Passe devant et le porte-enseigne aussi. En avant !

Le son aigu de la trompette retentit à nouveau et, précédés de l'étendard rouge du dragon, ils s'enfoncèrent plus avant dans le marécage. La levée de terre était effondrée en de nombreux endroits et la colonne s'étira davantage.

Loin derrière retentit l'ordre de Flavius :

— *Signa statuere !* Halte !

Les hommes obéirent aussitôt.

— Cassius !

Le lieutenant, le meilleur limier de la troupe, s'approcha et salua le tribun.

— Que penses-tu de tout cela ? demanda Flavius en désignant d'un geste ample les marécages.

— Rien qui vaille, tribun.

— L'éclaireur pense que nous sommes sur une fausse piste.

— Je crois qu'il a raison. Il y avait très nettement des empreintes qui allaient vers la mer alors que les soi-disant repères que nous suivons maintenant nous conduisent bien plus à l'est de notre ancienne position.

— Serais-tu capable de ramener les hommes vers le Dol ?

L'homme hésita puis hocha la tête.

— Si nous ne nous enfonçons pas davantage là-dedans, oui. Ce sont vos ordres, tribun ?

Flavius ne répondit pas immédiatement. Se séparer de ses soldats était tout à la fois se mettre à la merci du Grec et le seul moyen de le prendre de vitesse. Comme en réponse à ses hésitations, le Renard apparut à leurs côtés. Il avait tout entendu.

— Je peux vous conduire vers le mont Tombe, tribun. Je sais où sont les fuyards.

— Oui. Mais à deux, pourrons-nous les ramener vers Alet ?

— Il ne s'agit que d'un vieillard, d'un enfant et... d'un druide, répliqua l'éclaireur.

Etait-ce le mot druide ou la rencontre avec Gwen ? Un souvenir d'enfance d'une étonnante précision envahit l'esprit du tribun. Il était allé au théâtre avec son père voir une tragédie inspirée de la Grèce ancienne. Une pièce terrible où s'affrontaient les dieux et les rois et comme cette fois-là, il avait le sentiment d'assister à quelque chose d'unique.

Déjà le brouillard avait séparé les deux groupes. Tout à la difficulté de la marche dans la terre instable des marécages, le Grec ne s'était pas encore aperçu que le tribun ne les suivait plus.

Flavius se tourna vers son lieutenant :

— Cassius, prenez position sur le Dol ! Vous y ferez un camp retranché et vous m'attendrez. Si dans trois jours d'ici, je ne suis pas revenu, vous rentrez à Alet vous mettre sous les ordres du préfet Rutilius Namatianus.

Le tribun sortit sa tablette d'écriture de son étui et la tendit au soldat :

— Vous lui remettrez ceci de ma part.

— À vos ordres, tribun.

Les soldats saluèrent leur chef et, dans le plus grand silence, la bannière du Christ prit à nouveau le chemin du Dol.

— Tribun ! fit le Renard.

— Oui.

— Vous m'aviez demandé pour les hommes qui nous suivaient. Ce sont des druides, eux aussi, mais jeunes. Ils ne sont pas d'ici. Je pense qu'ils viennent d'Alba ou d'Irlande. Ils parlent la vieille langue.

— Ils sont sur notre piste ?

— Non sur celle des fugitifs, comme nous.

— Tu les a repérés ?

— Oui, mais ils n'ont pas fait comme Ammien, et ont pris le bon chemin pour Tumba. Pour l'instant...

— Que veux-tu dire ?

— Que sans guide, ils ont peu de chance d'y parvenir. Cette terre, pas plus que ses habitants, n'aiment les hors venus.

— Joli mot pour dire des étrangers. Mais de quels habitants parles-tu ?

— Le peuple des marais. De petits hommes qui vivent de la pêche, de la chasse et de la récolte du sel. Ils en font des pains qu'ils vendent aux marchands. Mais ils n'aiment guère qu'on vienne sur leur territoire.

— Il faut donc les craindre ?

— Pas de la façon dont vous le pensez, tribun. Jamais ils ne porteront la main sur quiconque. Ils détestent la guerre et songent plus à se cacher des hommes qu'à se montrer. Taranis ne leur a pas donné la force de nous combattre.

— Alors ? Je ne comprends pas.

— Ils aiment à se jouer des hors venus et à les égarer. Et ici, s'égarer, c'est mourir.

## 36

Pendant un long moment, Eogan et Fergus avaient réussi à suivre Oengus, puis d'un coup, comme pour les Romains, il n'y eut plus rien. Ils se tenaient debout au bord d'une mare où les traces de pas menaient tout droit, mais n'en repartaient pas. Comme si les fugitifs s'étaient enfoncés dans l'eau noire et n'en étaient plus ressortis.

— Que penses-tu de ça ?

— Par Goibniu ! Je crois qu'une fois de plus, il nous a eus ! grommela Fergus.

Il se tut, écoutant le murmure du vent alentour. Les sous-bois avaient cédé la place à une suite de tertres couronnés d'herbes folles, de bosquets et de roseaux.

Dans le ciel monta une alouette qui resta un long moment immobile lançant son trille perçant avant de s'éloigner à tire d'aile.

Masquées par les hautes herbes, deux petites silhouettes rampaient sur le sol non loin des druides. C'étaient les éclaireurs du peuple des marais. Ils les suivaient ainsi depuis qu'ils avaient franchi leur frontière. L'un d'eux émit un trille d'oiseau, puis fit demi-tour. L'autre resta immobile, le brun de son habit se confondant avec la terre.

— J'ai le sentiment qu'on nous épie, finit par ajouter Fergus à mi-voix.

— Moi aussi.

Les jeunes gens se retournèrent brusquement mais il n'y avait rien d'autre que les hautes herbes que le vent faisait crisser. L'homme des marais n'avait pas bougé, il les observait.

— Cet endroit me rends nerveux.

Ils décrivirent en vain des cercles concentriques autour de la mare. Il fallait se rendre à l'évidence : ils avaient perdu la piste.

— Il faut les retrouver ! s'écria Eogan que son impuissance enrageait.

Il marchait de long en large comme une bête en cage.

— On va les retrouver et si ce n'est pas ici, ce sera sur le Mont Tombe. Attends, dit Fergus en désignant un bosquet de coudriers isolé sur un monticule de terre. Je vais nous faire des cannes.

Il coupa deux branches longues et droites, les tailla, les émonda, et en tendit une à son compagnon.

— Tout cela ne me dit rien qui vaille, murmura le

Sombre que le découragement gagnait. Et cette montagne qui s'éloigne à chaque fois qu'on s'en approche !

— Tu veux que je passe devant ? demanda le Rouge.

Son ami n'eut pas le temps de répondre. Au loin retentirent les aboiements furieux de Mausuetus.

— Je préfère encore les loups, marmonna Fergus.

Le Sombre en tête, ils repartirent d'un bon pas. L'herbe se clairsemait et comme une lèpre, des étendues de vase d'une lividité de cadavre envahissaient le paysage. Dans ce lieu, même la lumière était indécise et l'éclat du soleil se voilait. Le Sombre sonda devant lui, puis d'un coup, la terre sur laquelle il se tenait s'enfonça sous ses pieds.

Fergus se précipita, mais sentit à son tour le sol se dérober sous lui. Il eut juste le temps de reculer d'un bond. Eogan, de la boue jusqu'aux cuisses, essayait de se pencher en avant, de s'arracher, mais plus il se débattait plus la vase l'enserrait et l'entraînait vers le fond.

— Ne bouge pas, Eogan ! Ne bouge surtout pas ! s'écria le Rouge. J'arrive.

— Dépêche-toi ! Je m'enfonce comme si des mains m'agrippaient les chevilles et me tiraient à elles.

Le Rouge s'allongea, son bâton le plus loin possible devant lui.

— Attrape ! ordonna-t-il.

Eogan tendit les doigts vers le morceau de bois et réussit à en saisir l'extrémité, d'une main d'abord, puis des deux. Une fois qu'il eut bien assuré sa prise, Fergus commença à reculer. Le sol était encore meuble et il rampait, tirant son ami de toutes ses forces, les muscles de son cou tendus, le sang cognant à ses tempes.

Derrière eux, les hautes herbes s'écartèrent, les yeux de l'homme des marais les fixèrent un moment, puis, la végétation se remit en place et ce fut comme si rien ne s'était passé.

Lentement, très lentement, avec un horrible bruit de

succion, le marais relâcha sa proie. Eogan, dégoulinant d'une vase noire et putride, s'affala sur le sol à côté de son ami.

## 37

Le soldat de tête s'était enfoncé dans la boue et le porte-enseigne n'avait pas réussi à le sauver. L'homme s'était débattu, hurlant de terreur, jusqu'à ce que la vase lui obstrue les narines puis la gorge, étouffant ses cris d'angoisse. Les légionnaires murmuraient entre eux. La plupart étaient encore malades et affaiblis et seule la peur que leur inspirait leur chef les retenait encore. Ammien, son chien à ses côtés, fixait le marécage où avait disparu le soldat.

— Le tribun Flavius n'est plus derrière nous ! déclara l'un des légionnaires qui avait remonté la colonne pour prévenir son chef.

Ammien le foudroya du regard.

— Où est le Renard ?

— On ne l'a pas revu depuis qu'on est entré dans le marais.

Le Grec regarda autour de lui. L'odeur de charnier était un peu moins forte, à moins qu'il ne s'y soit habitué. Les marais s'étiraient et le regard s'y perdait. Ils étaient loin du Dol, loin de Tumba dont il voyait la silhouette au loin, et sans guide. Il comprit qu'ils ne s'en sortiraient pas. Il ordonna :

— Demi-tour !

La trompette retentit à nouveau et la colonne repartit par où elle était venue. Ici et là, émergeaient des îles couronnées de genêts ou d'herbes molles. Soudain, le Molosse s'arrêta, et gronda sourdement. L'animal regarda son maître puis se tourna à nouveau vers l'un des îlots de terre.

— Deux hommes avec moi ! hurla le Grec. Les autres vous restez ici.

Et il partit à la suite du Molosse dont l'odorat semblait être revenu et qui filait devant eux, la boule d'airain se balançant à son cou. Derrière un repli de terrain, le Grec comprit ce que sa bête avait repéré.

Deux jeunes hommes dont l'un, noir de boue jusqu'à la taille, se tenaient allongés sur le sol. Le Grec s'avança sans bruit. Etait-ce le vent qui avait tourné ? Fergus se redressa d'un bond, son couteau en main.

— Eogan ! appela-t-il.

Le Sombre se mit sur ses jambes, vacillant. Devant eux se dressaient le Grec et son Molosse, escortés de légionnaires armés de glaives et de javelots.

— Votre couteau ne vous servira à rien, fit Ammien. Qui êtes-vous ?

— Nous venons d'Irlande.

— Je n'ai pas demandé d'où vous veniez, répliqua la voix cinglante du Grec, mais qui vous étiez.

— Nous sommes des fils d'apprentissage. Mon nom est Fergus.

— Et toi ?

— Eogan, fit le Sombre qui avait du mal à reprendre son souffle.

Il y eut un bruit dans les roseaux. Un héron s'envola mais nul n'y prêta attention.

Le brouillard s'était levé, un brouillard animé d'une vie propre. Il s'enflait, avançait lentement sur le marécage et noyait ses contours. Translucide au début, il s'opacifiait de plus en plus, avalant au fur et à mesure bosquets et tertres.

— Deux druides d'Irlande, ici ! Et où allez-vous ?

— Nous nous sommes perdus.

— Nous ne nous comprenons pas bien, gronda Ammien. Où alliez-vous ?

— À Legedia.

— Tu te moques, l'homme, et j'en ai tué pour moins que ça ! Il y a loin de la voie de Legedia à ici, de l'autre côté du Dol. Est-ce vous qui avez allumé les feux cette nuit sur Tumba et Tumbellana ?

— Non.

Le Grec sourit, tout en flattant l'encolure du Molosse, et son sourire n'avait rien de rassurant.

— Il y a deux sortes d'hommes : ceux dont je me sers et les autres. Dans un cas, ils sont vivants, dans l'autre...

Il lui était inutile de finir sa phrase. Fergus regarda autour de lui : le brouillard derrière eux, le sol mouvant, les armes des légionnaires, le molosse. Leurs chances de s'en sortir étaient minces, surtout dans cet endroit. Il feignit la servilité.

— Nous vous servirons.

— Nous ? fit l'autre. Je ne vois pas bien comment. Si vous étiez d'ici, je pourrais vous garder comme guides. Et même dans ce cas, je n'aurais besoin que d'un seul...

Un premier sifflement l'interrompit, puis un second. De longues flèches aux empennages blancs se plantèrent dans la gorge des soldats qui s'affaissèrent. Le Grec se jeta à terre.

Le brouillard les enveloppa d'un coup, les dérobant à la vue. Des mains les entraînèrent. Quand le Grec releva la tête, il n'y avait plus autour de lui qu'un mur opaque et gris. Le Molosse aboyait. Ammien rampa jusqu'aux corps de ses hommes, saisit la trompette de l'un d'eux et sonna.

## 38

Ni Eogan ni Fergus n'aurait pu expliquer comment ni en combien de temps ils étaient parvenus au Mont Tombe. Le brouillard qui les avait enveloppés s'était dissipé. Ils avaient compris que c'était un *feth fiada*, un voile de science et que les deux hommes aux capuches relevées qui les conduisaient étaient des druides.

Un chasseur à peine plus haut qu'un enfant, un torque de cuivre rouge au col, une lance à la main, les avait guidés avec assurance dans les marécages les menant au bord d'une rivière où une yole à fond plat les attendait.

Une fois ses passagers embarqués, le chasseur, debout à l'arrière, avait appuyé sur sa longue perche, s'écartant du rivage. Il manœuvrait avec habileté au milieu des roseaux, contournant des îles chauves cernées par les eaux. De loin en loin, apparaissaient d'autres hommes comme lui. Armés d'arcs ou de lances, ils se faisaient signe, claquant de la langue ou sifflant avant de disparaître dans les hautes herbes.

Le Rouge comprit que pas à un seul moment, ces gens des marais ne les avaient perdus de vue et que le sentiment qu'il avait eu d'être observé venait de ces singuliers chasseurs guère plus hauts que des enfants.

L'embarcation glissait sur l'eau grise. Par moments, le Sombre jetait un coup d'œil vers les deux hommes assis à l'arrière. L'un d'eux portait un arc et un couire d'où dépassaient des flèches aux empennages blancs. Les mêmes qui avaient transpercé la gorge des soldats. L'autre tenait un long bâton de coudrier.

Ils gardaient le silence et l'ombre de leur capuche dérobait leurs traits. Eogan aurait dû se réjouir d'avoir échappé aux Romains et aux dangers des marais, mais ce n'était pas le cas. Il ressentait un vague malaise dont il ne pouvait trouver l'origine.

Il finit par demander :

— Où nous emmenez-vous ?

Aucune réponse ne vint.

Enfin, la yole toucha une berge et le chasseur leur fit signe de descendre.

Quelques instants plus tard, leur guide et son embarcation avaient disparu. Ils restaient là tous quatre et le premier homme, celui qui portait l'arc en bandoulière, baissa sa capuche. Il avait les cheveux et la barbe grise et portait à son cou la roue en bois d'if.

— *Paix jusqu'au ciel. Du ciel jusqu'à la terre. Terre sous le ciel. Force à chacun !*

— Paix à toi, répondirent les jeunes gens.

— Mon nom est Elffin.

— Eogan et Fergus, ô notre aîné. Vous nous avez sauvés.

— Ce n'est pas moi, ô fils d'apprentissage, mais lui, répondit le druide de Tumba en désignant son compagnon dont les traits restaient masqués par l'ombre de sa capuche. Faites silence maintenant et suivez-nous.

Ils repartirent. Sur le sol, des algues desséchées se mêlaient à la lavande de mer. À perte de vue, une forêt d'arbres morts debout sur leurs gigantesques racines. Des phoques gris jouaient entre les troncs, poussant leurs aboiements rauques.

Devant eux, une allée bordée d'arbres chefs au bout de laquelle se dressait Tumba. Un chemin sculpté qui leur rappelait à tous deux celui de la forêt de Tara.

« *Cuileann, ochtach, dair, aball, ibur, iundius, coll* », se répéta Fergus pour lui-même. Houx, pin, chêne, pommier, if, frêne, noisetier...

L'ombre immense du Mont Tombe s'allongeait sur le sol. Enfin proche.

Plus ils avançaient, plus le visage d'Eogan s'assombrissait. Il ne cessait d'observer l'homme à la capuche, sa démarche, sa silhouette, se persuadant que celui qui les avait sauvés n'était autre qu'Oengus, son père. Sinon, pourquoi se dissimuler ? Et si c'était lui qui se tenait là, que devait-il faire ? Il se répéta ce qu'il voulait dire. Une fois, dix fois, vingt fois, refaisant sa phrase, cherchant d'autres mots, imaginant la ou les réponses de son père. Se demandant quelle serait l'expression de son visage ? Son regard à ce moment-là ?

Et il continuait à marcher, Fergus à ses côtés.

Ils arrivaient au pied de la montagne sacrée, énorme bloc de granit dressé vers le ciel, dominant la forêt guerrière. L'escalade commença. Par endroits des marches étaient creusées dans la roche, ailleurs il leur fallait s'aider de leurs mains pour grimper. Lançant leurs cris rauques, les aigles de mer volaient à leur hauteur, des mouettes tournoyaient.

Fergus s'arrêta pour reprendre son souffle et regarda en dessous de lui. Ils dominaient maintenant la morne désolation de la forêt morte. Il entendait gronder au loin les vagues de l'océan dont les bourrasques glacées qui le giflaient portaient la clameur.

Les autres continuaient à avancer et Eogan, plein d'une soudaine détermination, l'avait dépassé. Au-dessus d'eux un escalier à flanc de falaise menait à l'enceinte sacrée, solide rempart de pierres couronnant le sommet du mont.

Fergus repartit, rattrapant les autres. Ils se retrouvèrent sur une esplanade battue par les vents au milieu de laquelle se dressaient deux gigantesques menhirs et un cairn. Dans un angle, les Romains avaient construit un temple dédié au culte de Mithra. Les seuls autres bâtiments étaient des cabanes de pierres sèches.

Un enfant roux jaillit de l'une d'elles, suivi par un homme aux cheveux blancs. Il courut vers eux en poussant des cris de joie.

Fergus le reconnut aussitôt et murmura à son ami :

— C'est le garçon qui accompagnait ton père et qui t'a

sauvé la vie, là-bas, sur Iona. Celui qui commandait aux vagues.

Eogan ne répondit pas. Il n'avait d'yeux que pour l'homme vers lequel s'était précipité l'enfant.

— Je crois qu'il est temps de dire ce qui doit l'être, observa Oengus en rejetant sa capuche sur ses épaules

## 39

Pendant un long moment, le père et le fils se regardèrent sans mot dire. Puis le druide à la lame d'argent s'approcha d'Eogan et lui tendit un poignard au manche ouvragé.

— Tiens, mon fils ! Si tu penses que tu le dois, que mon sang coule par la lame d'argent qui jamais ne m'a trahi.

Fergus resta muet, Elffin et Yder s'étaient reculés, Dylan, lui, ne bougea pas.

Eogan avait saisi la lame. Il vacillait tant son émotion était grande. Il fixait ce père dont le visage avait la beauté du sien et dont les yeux scintillaient d'un feu identique.

— J'ai tant attendu ce moment, lâcha-t-il d'une voix rauque. Je te cherche depuis que tu as tué ma mère, ton épouse !

L'accusation avait résonné dans l'enceinte. Les images de mort remontaient en surface. Eogan revoyait pêle-mêle les guerriers traînant sa mère par les cheveux ; Oengus enveloppé de son manteau blanc brillant ; les épaisses courroies ; les lourdes pierres sur la cage ; la fange engloutissant la chevelure blonde, puis montant à la bouche, aux narines, aux yeux...

Sa mère clamait vengeance.

— Rien ne justifiait ça ! hurla-t-il, plein d'une rage trop longtemps contenue.

Oengus ne répondit pas. Fallait-il salir la mémoire de celle qu'il avait aimée plus que tout ? Fallait-il devant tous avouer la folie d'Aifé, ses innombrables trahisons et ses amants, son goût du pouvoir et des richesses, le sang qu'elle avait répandu ?

— Défends-toi ! s'écria Eogan.

— Pourquoi me défendrais-je ? répondit-il d'une voix lasse. Les druides Gwydion, Cetal, Forsui, Adeon et bien d'autres ont condamné ta mère à cette mort infâme et j'ai été choisi pour l'exécuter. Que veux-tu savoir de plus que tu ne saches déjà ? Et surtout pourquoi me croirais-tu, moi son bourreau ?

Le mot résonna sinistrement. Bourreau. Bourreau. Sa vue se brouillait. La fureur montait. Il en sentait la chaleur qui irradiait dans ses membres. Il n'entendait plus que l'appel d'Aifé, ne voyait plus que son regard pailleté d'or. Vengeance ! criait sa mère. Vengeance !

Ses oreilles bourdonnaient. Ses doigts se resserrèrent sur la garde du poignard. Un voile rouge passa devant ses yeux, et d'un coup il frappa. Le druide vacilla sous le choc et porta la main à son épaule blessée.

Le visage tordu par la colère, Eogan leva à nouveau le bras.

— Non !

Le cri avait jailli des lèvres de Dylan qui s'était jeté entre le père et le fils. Oengus le regarda, stupéfait. L'enfant avait parlé. Sa voix était grêle et trop aiguë, mais, pendant un bref instant, elle fit hésiter le Sombre.

— Vas t'en ! gronda-t-il.

Il allait frapper à nouveau, mais Fergus avait bondi, lui arrachant l'arme et la jetant au loin. Ils se faisaient face maintenant.

— Vas t'en ! répéta Eogan en essayant d'écarter son ami.

— Non ! Je ne te laisserai pas faire ça.

— Vas t'en !

La voix du Sombre était méconnaissable. Ils tournèrent ainsi un moment. Le visage d'Eogan avait viré au gris. Ses yeux étaient exorbités. Sa rage était si puissante, si douloureuse qu'un jet de sang jaillit de sa bouche. Il le cracha à la face de son adversaire et frappa violemment. Il n'entendait plus que son souffle et le bruit des coups sur le visage de Fergus déjà couvert de sang. Fergus grognait sous les impacts mais encaissait. Eogan frappait et frappait encore. Enfin, il se jeta sur son ami et ils basculèrent, étroitement enlacés. Le Rouge se protégeait comme il pouvait. Leurs tuniques étaient souillées de sang et de salive. Soudain, les doigts d'Eogan trouvèrent le poignard, il le saisit et le leva au-dessus de son compagnon.

— Non !

Et cette fois, la voix de Dylan n'était plus celle d'un enfant. Elle tonnait, éclatait plus forte que celle d'un géant.

— Non, Eogan !

À ce deuxième appel, un engourdissement le saisit, ses membres devenaient si lourds qu'ils ne pouvaient les bouger. La lame rougit et devint brûlante puis elle glissa de ses doigts, tombant dans le sable ou elle grésilla un moment avant de reprendre son aspect normal.

Eogan parut revenir à lui. La fureur le quittait comme l'eau qui s'écoule d'une amphore. La vue lui revint et avec elle, les sons, les odeurs, et il réalisa que le visage tuméfié et sanglant qu'il avait devant les yeux n'était autre que celui de Fergus.

Une immense douleur l'envahit et une honte plus terrible encore. L'engourdissement s'était effacé. Il se jeta en arrière. Ses jambes tremblaient sous lui.

— Je t'ai sauvé. Tu me dois une vie ! Donne-la-moi ! répéta Dylan en tendant vers lui ses paumes ouvertes.

Le Sombre se laissa tomber à genoux devant lui.

— Puisque je te dois la vie, s'écria-t-il. Qui que tu sois, enfant ou géant, prends-la et tue-moi !

— Seul Ogmios sait ce qui est lié, répondit doucement le Fils de la Vague. Je garde ta vie. Désormais, elle m'appartient. Relève-toi.

# Chapitre 9

*« Il est une île lointaine, tout autour resplendissent les chevaux de la mer ; Course blanche le long de la vague écumante, que soutiennent quatre pieds ; Brillant est le soleil, suite des victoires, plaine où jouent les armées, les bateaux luttent avec les chars, dans la plaine du sud du Bel Argent. »*

La navigation de Bran, fils de Febal.
Traduction Christian-J. Guyonvarc'h.

# 40

Oengus s'approcha de l'enfant. Celui-ci, renfermé dans le silence, s'était éloigné de quelques pas et regardait l'horizon où cognaient les vagues.

— Dylan ! appela doucement le druide.

L'enfant se retourna, levant vers lui un visage tourmenté. Oengus s'approcha et le serra contre lui.

— C'est la deuxième fois que tu me sauves la vie.

L'enfant ouvrit la bouche et la referma sans mot dire. Il tremblait comme une feuille.

— Tu n'es pas encore toi-même. Mais de ceci, je suis sûr : tu es né du talon d'un sage et l'abondance et la puissance de l'océan sont en toi. Bientôt, tu chanteras la poésie et ce jour-là, je serai à tes côtés.

Elffin les avait rejoints. Il s'inclina devant eux :

— Je dois regarder ta plaie. Il faut te soigner, ô mon aîné.

— Ce n'est rien. Et Fergus, comment va-t-il ? questionna Oengus.

Le druide de Tumba examina la blessure à travers la déchirure de la tunique.

— Ça ira. J'ai appliqué les herbes. Ses yeux et sa mâchoire vont le faire souffrir pendant quelque temps, mais rien de grave. Nous avons encore à faire, Oengus, et le temps nous presse. Bientôt, il vous faudra partir. Le bateau vous attend.

— Tu ne viens donc pas avec nous ?

— Non, ma place est ici. Le Mont est mon sanctuaire et il sera ma tombe. Il serait bon que nous chantions l'éloge de Gwen et qu'ensemble nous parcourions le chemin.

Oengus acquiesça. L'enfant les écoutait, mais il vacillait d'épuisement.

— Auparavant, il faut que nous reprenions des forces, répondit le druide. Dylan doit manger, les autres aussi.

— J'y avais pensé, venez ! Et je banderai ton épaule.

Ils furent bientôt réunis dans la maison où vivait Elffin, simple abri de pierres sèches au toit d'ardoises accoté au temple de Mithra.

Sur la dalle du foyer, enveloppé d'une gangue d'argile, cuisait un congre. Le druide les fit asseoir sur des tabourets autour d'un tronc lui servant de table et après s'être occupé d'Oengus, posa tout ce qu'il possédait devant eux : vin d'herbes, hydromel, épaisses galettes de seigle, fromages de chèvre, oignons et pommes sauvages.

La louve, qui ne quittait plus son maître, s'était assise près du feu, quémandant quelque nourriture. Elffin lui jeta un morceau de lard qu'elle déchiqueta avant de se rouler en boule et de s'endormir, son museau sur les pattes.

Par un trou dans le toit montait la fumée qui s'élevait du foyer. Il faisait une douce chaleur et, fatigué, Dylan, les yeux mi-clos, dodelinait de la tête en mangeant. Yder, assis à côté d'Oengus, buvait en silence un gobelet de vin d'herbes.

— Que vais-je devenir ? demanda-t-il soudain au druide.

Oengus aimait bien l'ancien esclave et sentait toute l'inquiétude que contenait sa question :

— Là où nous allons, tu ne pourras pas nous accompagner, Yder. Mais si tu le désires, le Mont Tombe deviendra ta demeure. J'en parlerai à Elffin. Nul ne t'y viendra chercher et tu y retrouveras le savoir et les croyances de tes pères.

Oengus lui tendit une part de galette qu'il saisit entre ses doigts.

— Mange ! ajouta-t-il. Et reste en paix.

Le silence retomba, juste troublé par le sifflement du vent. Alors qu'Elffin découpait le congre et en donnait un tronçon à chacun, un homme entra et les salua.

— « *Paix jusqu'au ciel. Du ciel jusqu'à la terre. Terre sous le ciel. Force à chacun !* » fit le nouveau venu. Mon nom est Patera, je suis le gardien de Tumbellana.

— Que Lug soit avec toi ! répondirent les druides en le saluant.

— Prends place, fit Elffin.

— Vous n'êtes plus que deux gardiens sur les Monts ? demanda Oengus.

— Oui. Les autres étaient âgés et ils ont rejoint le Sid, le royaume par-delà les mers. Paix sur eux ! Le Mag Mor, la Grande Plaine est leur demeure.

Gêné par ses blessures, Fergus mangeait en silence. Il avait en vain cherché Eogan qui avait disparu. Inquiet, il s'en était ouvert à Oengus.

— Eogan nous rejoindra, avait répondu ce dernier en posant sa main sur son épaule. Je sais que tu as été pour lui un ami fidèle et plus que ça, un frère et je t'en remercie. Sans toi, mon fils n'aurait jamais pu arriver jusqu'ici. Mais maintenant, il a besoin de solitude et de paix. Il doit quitter Aifé et le rêve de Bran le corbeau qui le portait depuis l'enfance. Il doit trouver d'autres voies pour continuer à vivre.

Le Rouge hocha la tête. Les paroles du druide le ramenaient à ce qui donnait un sens à sa propre vie : sa croyance dans le dieu druide, son amitié pour Eogan, son amour pour Deirdre, la musique de sa harpe. Grâce à tout cela, il pouvait attendre en paix le jour où, lui aussi, comme les druides de Tumba, marcherait dans *le Mag Meld, Tir na mBân, Tir na mBéo, Tir na nOg* : la Plaine du plaisir, Terre des Femmes, Terre des Vivants, Terre des Jeunes...

Le repas s'achevait. Dehors le vent soufflait en rafales et il rabattait la fumée dans la pièce.

— Il nous faut aller, fit Elffin en se levant. Yder, si tu veux, attends-nous ici. Je reviendrai te chercher.

Au loin retentissait l'appel d'une corne.

— Le peuple des marais nous prévient. Des hommes marchent vers le Mont Tombe.

— Les Romains ?

— Pas ceux que vous croyez, mais l'homme dans les bras duquel est mort Gwen. Allons ! Le bateau sera bientôt là.

Ils sortirent de la maison. Elffin et Patera les accompagnèrent jusqu'aux menhirs jumeaux. Le soleil était aussi blanc que la lune et le ciel d'un gris uniforme.

À quelques pas de là était creusé à même la roche un bassin empli d'une eau turquoise où flottaient de longues herbes vertes. Quelques marches y descendaient, d'autres en remontaient.

Malgré le froid et le vent, tous se déshabillèrent, Fergus et Oengus ôtant leurs tuniques souillées de sang pour s'immerger dans l'eau glacée. Ils allaient rendre grâce à Boand, la déesse mère de toutes eaux.

— *Comme elle,* scanda Oengus en aidant le garçon qui tremblait de tous ses membres à se laver, *devenons rivière. Ce qui a été ne sera plus, il faut aller droit devant comme l'eau qui sans cesse se renouvelle et coule vers la mer.*

— Ce qui a été ne sera plus, reprirent les autres.

Puis, un à un, ils sortirent du bassin et se rhabillèrent.

Elffin tendit deux tuniques immaculées à Fergus qui en enfila une et garda l'autre.

— Elle est pour Eogan, fit le druide de Tumba. Qu'il se purifie et l'enfile avant de nous rejoindre.

## 41

Le Sombre était descendu jusqu'à un promontoire battu par les vents. Une table rocheuse face au large où il s'était assis, insensible aux rafales glacées qui le giflaient.

De là, son regard se perdait. Il voyait l'océan et la ligne blanche des vagues qui montaient si vite à l'assaut des plaines de l'immense baie que tout semblait un rêve. En quelques instants, les îlots rocheux étaient submergés, les bancs de sable disparaissaient et la mer gagnait toujours.

En cet instant, il avait l'impression d'avoir tout perdu. Il avait manqué à sa parole et failli tuer son frère de sang. Il se sentait égaré, trahi par lui-même.

Et là, alors que les aigles de mer le survolaient, il se répéta, comme une litanie, la prédiction de Deirdre : « *Au Mont Tombe, trouverez ce que vous cherchez. Avec le Fils de la Vague, franchirez le gué de la peur et aborderez au rocher brillant sur la plaine d'argent...* » Mais que cherchait-il ? Son père ou sa voie à lui ? Il ne savait plus. S'était-il trouvé ? Allait-il devenir druide sur le Mont Tombe ?

Leur parcours à Fergus et à lui s'achevait ici, Elffin le leur avait dit.

Au bout du chemin de connaissance, ils deviendraient des aînés et pourraient partir vers les îles au Nord du Monde.

Il aurait tant voulu que Gwydion le haut druide soit encore là pour le conseiller.

Il avait perdu toute l'assurance qu'il avait en quittant

Tara. Il ne savait plus rien. Mais peut-être était-ce là le début de la sagesse ?

De toute façon, sa vie ne lui appartenait plus, il l'avait donnée à ce garçon étrange qui depuis l'Irlande escortait son père. Son père. Eogan revoyait le visage d'Oengus. Il se reconnaissait dans ces traits altiers, dans ce regard aussi insondable et triste que le sien. Il se reconnaissait et c'était plus terrible encore. Il aurait tant aimé serrer Oengus dans ses bras. Mais entre eux, se trouverait toujours le cadavre de sa mère. Quoi qu'il fasse. Ils étaient maudits. Son père pour avoir tué celle qu'il aimait, lui, pour avoir vu ce qu'il n'aurait jamais dû voir. Maudits !

L'écho lui apporta un appel. Il se redressa. C'était la voix de Fergus. Il se leva et cria son nom. Un nouvel appel retentit : le Rouge l'avait entendu et lui disait de le rejoindre. Il escalada un rocher et, s'aidant de ses mains, rejoignit enfin le sentier qui menait vers l'enceinte. Fergus l'y attendait. Il le prit dans ses bras et l'étreignit longuement.

— Pardon, mon ami. Pardon.

— Je ne te pardonne pas, répondit Fergus. Tu as fait ce que tu pensais juste, et moi aussi.

Eogan le serra à nouveau contre sa poitrine. Il aurait tant aimé posséder la simplicité de son compagnon, cette droiture en toute occasion et cette humeur égale qui le caractérisaient.

— Il est temps de regagner le chemin et d'achever notre initiation. Les autres nous attendent. Viens.

Ils retournèrent sur l'esplanade et après qu'Eogan se fut purifié dans le bassin et changé, le Rouge l'entraîna vers le temple de Mithra.

C'était un lieu étrange. Une fois passé la porte, on pénétrait dans une caverne. Des torches étaient plantées dans le sol et, de part et d'autre, d'une sorte de couloir, étaient disposées de longues banquettes. Une épaisse couche de poussière et de salpêtre recouvrait toute chose. Au fond, une fresque représentait le dieu Mithra immolant un taureau. De chaque côté, se tenaient deux sculptures représentant des porteurs de torches, l'une la flamme levée, l'autre baissée.

— Qu'est-ce que c'est que cet endroit ? demanda Eogan.

Fergus, qui était venu là avec Elffin, répondit :

— Le *Mithraeum*. Un temple érigé par les Romains. Avant, ils se pressaient ici pour rendre hommage à leur dieu, puis ils ont cessé d'honorer Mithra et nous, les druides, avons repris notre place sur le Mont Tombe. Le culte de Mithra vient de la lointaine Perse, il était devenu celui de l'armée romaine. Ici, les *mystes*, les initiés, communiaient avec la viande d'un taureau lors des banquets d'immortalité.

— Mais quelle sorte de dieu était-ce ?

— Un dieu de lumière et de justice. Il veillait au respect des serments, protégeait les hommes et les châtiait tout aussi durement. Allons maintenant, Elffin nous attend.

Fergus se déchaussa, imité par Eogan, et ils suivirent jusqu'au bout le couloir contournant la paroi où était sculptée la fresque de Mithra pour découvrir un escalier qui disparaissait dans les profondeurs de la montagne.

Fergus saisit une des torches et passa le premier. Une odeur d'humidité et de sel les enveloppa aussitôt. Les marches étaient courtes, inégales et glissantes, si nombreuses qu'Eogan renonça à les compter. La descente était interminable, mais bientôt parvint aux oreilles des deux compagnons un bruit de voix.

Ils débouchèrent dans une grotte aux larges piliers de pierres. Les druides et l'enfant se tenaient en cercle au milieu. Les aînés avaient revêtu la robe blanc brillant à bordures d'argent. L'enfant portait une tunique de toile grise sur laquelle luisait le pendentif d'or que lui avait offert le vieux Gwen.

— Prenez place, ô fils d'apprentissage, déclara Elffin.

Nous avons prononcé l'éloge de Gwen et vous attendions pour vous guider au long du chemin. À vous, ô mon aîné.

Oengus s'inclina pour remercier le druide de Tumba. Il paraissait apaisé et pendant un bref instant son regard croisa celui de son fils qui détourna les yeux.

— *La mort est le milieu d'une longue vie*, scanda la voix d'Oengus. *Nous croyons en l'immortalité des âmes !*

— *Nous croyons en l'immortalité des âmes !* répétèrent les autres.

— *On n'attend ni reflux ni mort. C'est un jour de beau temps éternel, rocher très blanc sur le brillant de la mer.*

— *Mag Meld, Mag Mor, Tir na mBéo, Tir na mBan, Tir na nOg. Nous croyons en l'immortalité des âmes !* répétèrent les jeunes gens.

— *Paix jusqu'au ciel. Du ciel jusqu'à la terre. Terre sous le ciel. Force à chacun !*, termina Oengus.

— Suivez-moi ! ordonna Elffin.

Et les uns derrière les autres, en silence, ils descendirent un nouvel escalier, s'enfonçant plus avant encore dans les entrailles du Mont Tombe.

Combien de temps dura la descente ? Les jeunes gens n'auraient su le dire. À neuf reprises, ils s'arrêtèrent, observant les rituels ordonnés par Elffin.

Dans l'une des grottes se trouvaient deux larges vasques d'airain. Dans la première reposait un liquide aussi noir et épais que du goudron, dans l'autre scintillait un lit de braises ardentes.

— À Tara, dans la caverne de Gwydion[1], vous avez connu les ténèbres et la peur. Ici, il vous faudra apprivoiser le feu. Enfoncez vos mains dans l'eau noire puis saisissez une

1. Voir le premier volume de la Trilogie Celte : *Par le feu*.

braise. Si vous hésitez, les flammes dévoreront votre chair. Sinon leur chaleur ne fera que vous effleurer.

Fergus et Eogan se regardèrent puis le Sombre plongea les mains dans la première vasque et les ressortit recouvertes d'une matière noire et gluante. La chaleur près du brasero était insupportable. Il tendit le bras et saisit une braise. Une forte odeur de musc s'éleva. Il avait une impression de fièvre, mais ne ressentait aucune douleur. La sueur ruisselait de son front et mouillait ses reins. Il posa la braise sur le sol où elle continua à grésiller.

C'était au tour de Fergus. Le Rouge ressortit les mains du bain goudronné et les plongea dans le feu, accomplissant à son tour le rituel.

Patera leur tendit à tous deux une coupe d'hydromel et un plat de noisettes qu'ils mangèrent avant de repartir. Peu à peu la sensation de fièvre s'estompa puis disparut tout à fait.

— Allons, déclara Elffin, il est temps.

Et ils repartirent s'agenouillant et priant à chaque station, répétant avec Oengus les chants qu'ils avaient appris à Tara.

Ils empruntèrent un long couloir rectiligne. Par des fentes dans les parois soufflaient des rafales de vent si puissantes et glacées qu'il durent se saisir les mains pour rester debout. Enfin ils se retrouvèrent dans une petite grotte sombre au bout de laquelle scintillait une faible lueur.

— Le feu et le vent avez traversés, déclara Elffin. Allez maintenant.

Les jeunes gens obéirent et avancèrent de quelques pas vers la lumière. Ils s'arrêtèrent. Les eaux primordiales ruisselaient dans une immense grotte baignée d'une clarté trouble sur les parois de laquelle poussaient des plantes. Ils étaient dans le sanctuaire du Mont Tombe. Par ils ne savaient quelle singulière voie, le soleil pénétrait jusqu'à eux. Des draperies de lichens d'un gris bleuté pendaient de la voûte. Sur les parois scintillaient des pointes de cristaux de roche et d'améthyste.

La rive de l'immense bassin de pierre était recouverte d'un sable si fin qu'on eût dit de la cendre dont il possédait la couleur. Des centaines de statuettes de bois étaient plantées dans les berges, hommages des druides venus se recueillir.

Elffin les entraîna vers la plage.

— Seul toi, ô Fils de la Vague, peux nager dans l'eau du sanctuaire.

L'enfant obéit et alors que les autres s'agenouillaient, il ôta sa tunique grise. Le sable était doux et tiède sous ses pieds. Entièrement nu, il descendit dans l'eau sacrée. Elle était chaude et autour de lui glissaient des poissons d'argent et d'or. Les druides invoquaient Boand et Lug. Après avoir bu, Dylan remonta sur le rivage. Elffin l'aida à enfiler une tunique d'un blanc immaculé.

— Maintenant, il vous faut faire vos offrandes, votre image restera ici dans les siècles des siècles, dit Elffin en leur tendant à chacun un morceau de coudrier.

Dylan, Eogan et Fergus taillèrent le bois puis plantèrent les figurines sculptées les représentant dans le sable à côté des autres.

Les druides gardèrent ensuite le silence, écoutant le bruissement de l'eau que d'infimes souffles d'air agitaient. Des plantes marines, vaste chevelure d'un rouge éclatant, se tordaient sous la surface translucide.

— *Nous sommes depuis le commencement du temps sans vieillesse, sans la coupure de la tombe, nous n'attendons pas l'âge sans force, la transgression ne nous atteint pas,* déclara Elffin.

L'enfant devant eux, ils remontèrent lentement vers la surface et déposèrent leurs offrandes tout au long des quatre dernières étapes.

Enfin, ils émergèrent sur le mont. Un rayon de soleil

illuminait les menhirs et Elffin, levant les bras, chanta le *cantalon*, la plainte funèbre de Gwen qu'ils reprirent tous d'une seule voix. Enfin, le druide de Tumba les conduisit vers la roche « *teinct d'eau de nuit* », vaste dalle de pierre d'une couleur de ténèbres.

— Celle-ci est la sœur de Lia Fail, la pierre de destin qui est restée à Tara. Elle désignera celui qui sera le haut druide, le successeur de Gwydion et le roi des îles au Nord du Monde. Agenouillez-vous !

Fergus, Eogan et Dylan obéirent et prirent place autour de la pierre. Elffin, Patera et Oengus posèrent leurs paumes sur leurs têtes.

— Du chemin, vous êtes venus, dirent-ils en chœur. L'eau sacrée avez bue, les noisettes mangées, le feu touché, le vent heurté. De fils d'apprentissage, aînés êtes devenus. Relevez-vous.

Oengus s'approcha de Fergus et d'Eogan.

— Je sais que vous l'avez compris, fit-il. Chaque étape de ce chemin à l'intérieur de la montagne sacrée était nécessaire pour parvenir à la connaissance, tout comme chaque étape de votre long voyage de Tara jusqu'à Tumba l'était aussi. Il vous fallait me poursuivre, et vous affronter en duel, vous les frères de sang, pour devenir des aînés. Ce qui a été fait a été bien fait.

Debout près du Rouge, l'enfant avait écouté, son visage empreint d'une gravité qui le rendait soudain plus âgé.

— Dylan, c'est à toi maintenant de nous apporter la réponse que nous attendons. Va ! ajouta Oengus en le poussant vers la dalle rocheuse.

L'enfant s'avança et, doucement, posa ses pieds nus sur la pierre. Un sourd gémissement se fit entendre, la pierre criait. Dylan s'était immobilisé et le son se prolongea avant de mourir. Les druides se regardèrent puis s'inclinèrent très bas devant lui.

— La pierre a parlé. Tu seras le Haut Druide, celui qui comprend et qui explique, qui guide et combat, déclara Elffin en tendant un sac à l'enfant. C'est pour toi, Fils de la Vague. Gwen t'a donné ce qu'il devait au Dol. Ceci est ce que Patera et moi-même devions te remettre.

L'enfant ouvrit le sac de toile et y trouva deux pointes rocheuses.

— L'une vient de Tumbellana, l'autre est un éclat de la pierre « *teinct d'eau de nuit* ». Les trois éclats, Dol, Tumba et Tumbellana prendront la place de Lia Fail, la pierre de destin, sur l'île de Falias. Lia Fail restera à Tara jusqu'à ce que les rois d'Irlande l'emmènent plus loin.

— Il en sera fait ainsi, répondit Dylan. Je réunirai les trois pierres sur l'île de Falias.

— Il est temps de partir maintenant, dit Elffin en les entraînant vers le cairn qu'ils escaladèrent. Votre bateau est prêt.

Au loin, à l'embouchure de la rivière qu'ils avaient suivie, ils aperçurent une coque longue et fine surmontée d'un haut mât. Eogan et Fergus se regardèrent. L'émotion leur nouait la gorge. Cette fois, ils allaient vraiment naviguer vers les îles au Nord du Monde.

— Il y a à bord tout ce qu'il faut pour votre long voyage et les marins savent que leur capitaine est un sacré. Ils vous obéiront en tout.

Le druide de Tumba prit les mains du Fils de la Vague et les porta à son front :

— Puisse Lug te protéger, ô mon aîné, et vous mener tous vers le rocher blanc brillant.

## 42

Flavius et le Renard arrivèrent enfin au pied de Tumba. Épuisé par la marche dans les marais, le tribun allait se laisser tomber sur une souche quand il avisa deux silhouettes qui venaient à leur rencontre. L'une était celle d'un druide portant arc et flèches en bandoulière, l'autre, celle d'un loup.

Il regarda l'éclaireur qui ne paraissait pas surpris. La bête s'élança, elle courait vite et silencieusement, droit sur eux. Flavius allait dégainer mais le Renard retint son bras et la louve se jeta sur lui, lui léchant les mains et le visage.

Quand enfin elle se calma, Flavius, sans quitter des yeux le druide qui s'approchait, apostropha l'éclaireur :

— Tu savais tout. Tu es déjà venu ici et tu connaissais les gardiens.

Ce n'était pas une question, mais l'homme inclina la tête et répondit :

— Oui.

Elffin les avait rejoints.

— Salut à toi, tribun. Mon nom est Elffin. Je suis le gardien de Tumba.

— Salut à toi, je suis Flavius mais tu dois déjà me connaître.

— Je sais que tu es arrivé avec la trirème de l'ancien préfet de Rome. Je sais que tu dois repartir en emmenant les derniers habitants des *villae* romaines. Je sais que tu es un guerrier et un homme droit.

— Le Renard est celui qui vous renseigne ?

— Lui et bien d'autres : le peuple des marais, des habitants d'Alet, des bergers, des laboureurs, des esclaves. L'éclaireur nous indiquait votre avance et celle du Grec. Mais jamais il ne t'a trahi. Tu vois, il avait promis de te mener ici et il l'a fait.

— Cela est vrai, fit le tribun dont le regard croisa à nouveau celui du Renard. Tu es de l'ancienne religion, n'est-ce pas ?

— Oui, fit le Renard.

— Qu'est devenu Ammien ?

— Il n'a pas réussi à rejoindre sa colonne et, fou de rage, a cravaché son Molosse une fois de trop : la bête l'a dévoré vivant. Le Molosse d'Epire est reparti, le goût du sang dans la gueule et le petit peuple l'a pris en chasse. Leurs flèches sont enduites d'un poison violent. Le chien mourra et sa dépouille finira dans les sables. Quant aux légionnaires du Grec, ils tournent encore et ne ressortiront jamais des marécages.

Flavius songea à part lui qu'il était heureux d'avoir évité ce sort cruel à ses propres soldats.

— Par ici, ordonna Elffin en désignant la sente qui escaladait le Mont Tombe, je veux vous montrer quelque chose qui bientôt ne sera plus qu'un mirage.

Le druide les conduisit sur un promontoire qui surplombait la forêt et donnait sur l'océan. La lumière rasante du soleil traversait les voiles blanches d'un navire la proue tournée vers le large.

— C'est notre monde qui disparaît, tribun. Regardez bien, c'est la dernière image qu'il vous faudra conserver avec celle de cet endroit où, un jour, s'élèvera une église dédiée à votre Christ.

— Vous êtes des hommes singuliers, vous les druides, déclara le tribun. L'homme et l'enfant que le Grec poursuivait sont dans ce bateau, n'est-ce pas ?

— Oui, l'un et l'autre sont appelés à une haute destinée.

— Il est donc un lieu où vous autres êtes sûrs de trouver refuge ?

— Oui, un lieu que nul ne peut trouver. Un lieu qui ne se montre qu'à ceux qui sont éclairés.

— Je rentrerai plus riche à Alet.

Le bateau n'était plus qu'une infime tache blanche sur le gris du ciel. Ils restèrent un long moment muets puis Flavius demanda :

— Et toi, le Renard, que vas-tu faire ? Tu restes sur le Mont Tombe ?

— Non, tribun. Si vous voulez encore de moi, j'irai à Rome.

— Rome est morte, le Renard.

— Je vous suivrai pourtant.

— Alors sans doute, rendrons-nous l'âme ensemble sur quelque lointain champ de bataille entre Rhin et Danube en barrant la route aux Barbares. Qu'il en soit ainsi !

Le silence retomba entre les trois hommes. Au loin, le navire avait disparu et bientôt le soleil s'évanouirait à son tour.

— Pourquoi ces trois montagnes aux noms étranges ?

— Trois Monts, répondit Elffin. Trois sépultures dans lesquelles dort un seul être. Au Dol, son corps. À Tumba, sous cet immense cairn, son cœur. À Tumbellana, son chef.

— Mais quel est celui qui repose ainsi ?

Le druide ne répondit pas.

Il s'était détourné et fixait l'océan. Flavius sentit qu'il n'en tirerait pas davantage et son regard se perdit à son tour entre la forêt morte, le Dol au loin, Tumbellana toute proche.

Il se répéta la phrase de Térence : « *Homo sum : humani nihil a me alienum puto.* » « Je suis homme et rien d'humain ne m'est étranger. » Et pourtant, conclut-il comme à son habitude, malgré mes efforts, tant de choses me restent étrangères...

## 43

Le bateau voguait vers les îles au Nord du Monde. C'était une coque longue et fine, un voilier fait pour la haute mer. Ils étaient déjà loin et les côtes découpées de la *Terre en longueur* avaient fait place à d'autres rivages, les îles à d'autres îles.

Mais le bateau allait toujours et les nuits succédaient aux nuits. Toujours plus froides.

Le troisième jour, l'un des marins distribua des fourrures de phoques qu'ils enfilèrent sur leurs capes. Enfin, le navire pénétra dans une mer plus rude encore. Les vagues se creusaient, aussi hautes que des collines, et l'écume balayait le pont. Le navire plongeait comme s'il allait être englouti, mais il se redressait toujours.

À la proue, le plus souvent, se tenait Dylan. Le Fils de la Vague semblait pour la première fois avoir trouvé sa place. Il allait et venait sur le pont, lançait des ordres aux marins, observait l'aspect des nuages et des flots.

Oengus le forçait parfois à manger et à dormir, mais bien souvent l'enfant lui échappait et il le retrouvait debout face au large. Alors le druide prenait place à son côté et veillait sur lui. Quand la mer était mauvaise, Dylan s'attachait au mât et ses yeux fixaient sans ciller l'océan déchaîné.

Depuis qu'ils avaient quitté le Mont Tombe, un migrateur aux ailes gris pâle les accompagnait. Il ne se reposait jamais lui non plus, planant au-dessus des vagues, disparaissant sous l'eau et réapparaissant. Animal étrange à mi-chemin entre le poisson et l'oiseau de mer. Dylan lui parlait dans la langue sacrée des druides. L'oiseau répondait de son cri perçant.

Et le bateau filait toujours, le froid chaque jour plus intense.

Parfois, rarement, le vent tombait et la mer devenait lisse. Ce matin-là, le silence était pesant, pas même le bruissement de l'eau sous la coque. Rien ne bougeait sauf le grand oiseau qui planait autour du navire immobile.

Dylan, agité, marchait de long en large, guettant le moindre souffle de vent. Enfin, il s'approcha d'Oengus, bouleversé.

— Que t'arrive-t-il ? s'exclama Oengus, inquiet.

— C'est ce silence-là, comme avant... Il faut que je te parle.

— Je t'écoute.

— Je me souviens du naufrage. Je me souviens de tout.

— Parle, l'encouragea le druide.

— Nous étions quatre enfants, choisis parmi des dizaines d'autres. Quatre enfants destinés à devenir les druides des îles au Nord du Monde.

— Les élus, fit Oengus. Ceux qui ont disparu. Je me souviens. Tu étais donc l'un d'eux.

— Je devais être le haut druide de Murias et succéder à Uiscias.

— *Muir*, la mer, l'eau, murmura Oengus. Continue.

— C'était un jour comme celui-là. La mer était lisse et silencieuse. Puis, d'un coup, la tempête s'est levée. Jamais je n'aurais pu imaginer une telle fureur ! L'océan n'était plus qu'une suite de tertres d'une noirceur de ténèbres. Dans le ciel couraient des éclairs. Le tonnerre retentissait. L'air lui-même était chargé d'eau et en quelques secondes, le pont fut recouvert d'algues et de poissons arrachés aux profondeurs. Les druides qui nous accompagnaient ont tout de suite compris que le bateau ne résisterait pas. Ils nous ont jetés, nous les élus, dans des yoles avec de la nourriture. Je me souviens du visage effrayé des autres. Je me souviens du bateau disloqué en quelques instants sous nos yeux, puis de nos barques que les vagues entraînaient.

Dylan s'arrêta un instant, les yeux agrandis, revivant l'angoisse et la peur.

— Mais seul toi, le fils de l'eau, l'enfant de l'océan, as survécu, murmura Oengus en le serrant contre lui. Les autres ont péri.

— J'essayais de crier, reprit l'enfant et je n'entendais plus ma voix. J'ai perdu conscience. Quand je suis revenu à moi, j'étais devenu muet et j'avais oublié jusqu'au souvenir de ma vie d'avant. J'ai été recueilli par des pêcheurs et conduit à leur crannog. Ensuite, c'est le vieil homme qui a pris soin de moi jusqu'à ce que je te rencontre au lac na Cranagh[1].

— Je me souviens.

Il regarda l'enfant emmitouflé dans ses fourrures et le trouva changé. Depuis qu'ils avaient quitté le Mont Tombe, il avait taillé ses cheveux roux, il avait forci et surtout, ses yeux brillaient d'une assurance nouvelle. La mer et le commandement du bateau l'avaient transformé.

Les larmes avaient séché. L'enfant se détacha d'Oengus et retourna à la proue.

## 44

Incapable de rester en place, torturé par ses pensées, Eogan aidait aux manœuvres, tirant sur les cordages, ramant quand le vent tombait, ravaudant les filets, pêchant des poissons qu'il éventrait pour la cuisine.

Il s'abîmait dans le travail et pourtant ne cessait de songer à Aifé. Des voix grondaient sous son crâne et toutes

1. Voir le premier volume de la Trilogie Celte : *Par le feu*.

parlaient d'elle. Celle de l'Ombreuse : *« Cette mère qui a souillé, séduit, conduit à la mort tant d'hommes y compris ton père. »*

Celle de Forsui, le druide d'Ess na Larach : *« Ne cherche pas vengeance. C'est une femme autour de laquelle il y a eu trop de massacres... »*

Et enfin, la voix d'Adeon, le druide d'Iona : *« Je comprends que ta chair crie vengeance. Je comprends surtout qu'Aifé a encore, par-delà la mort, le pouvoir de nuire ! Si tu cèdes, tu te perdras. »*

Eogan secoua la tête. Les marins souquaient à côté de lui, l'un d'eux donnait le rythme en chantant. Il reprit la cadence et abaissa à nouveau ses rames dans la mer.

Quant à Fergus, il était le plus souvent malade, guettant sans cesse la Terre et priant Lug quand l'océan se creusait.

Un matin, alors que Dylan dormait roulé en boule dans l'un des abris, un marin juché au sommet du mât, cria :

— Souffleurs ! Souffleurs droit devant !

En travers de leur route passaient des baleines. Elles devaient être une trentaine à croiser là. D'énormes bêtes sautant vers le ciel et retombant dans des arcs-en-ciel d'écume, leurs nageoires soulevant les vagues, leur souffle escaladant le ciel.

Dylan accourut. Il escalada le mât de proue et s'y assit, ses petites jambes pendant dans le vide.

Un sourire éclairait son visage transfiguré. Oengus, qui l'avait rejoint, se souvint de la fois où l'enfant avait nagé vers la baleine au large d'Iona. Dylan se mit alors à chanter. Tout d'abord d'une voix aussi grêle que lorsqu'il s'était adressé à Eogan pour la première fois, puis, au fur et à mesure que son chant se développait, d'un timbre toujours plus ample.

Les baleines entourèrent la coque, la frôlant de leur

énorme masse recouverte de coquillages et de plancton, une odeur de profondeur marine courant sur leur chair.

Fergus s'approcha du plat-bord et tendit la main comme s'il voulait toucher les animaux de l'Autre Monde. Eogan, fasciné, se tenait à ses côtés.

D'un coup, l'enfant se tut et la mer se vida de toute présence. Les baleines avaient disparu et seul subsistait le grand oiseau de mer. L'enfant était retourné sur le pont, les traits tirés. Il s'assit au pied du mât et s'endormit à l'instant.

— Eogan !

La voix d'Oengus fit sursauter le jeune homme. C'était la première fois que son père lui adressait la parole depuis le Mont Tombe.

Il s'entendit répondre « oui » d'une voix étranglée.

— Il faut que je te parle. Viens un moment à l'arrière.

Ils allèrent s'asseoir à la poupe et restèrent silencieux, enfin Eogan dit :

— Je t'écoute.

— Ce que j'ai à te dire ne se proclame pas aisément. Tu es mon fils, la chair de ma chair, et tout en même temps, tu m'es étranger et sans doute le resteras-tu toujours. Tu es plus loin de moi que le pire de mes ennemis et plus près que mon meilleur ami. Ton visage et tes yeux sont les miens. Pourtant je sais que rien ne peut nous rapprocher, surtout pas notre volonté. J'aurais dû rester près de toi quand tu étais enfant. T'expliquer, peut-être. Mais moi aussi, comme toi, je voulais mourir. La mort n'a pas voulu de moi et il m'a fallu vivre. Il m'a fallu te revoir. T'affronter, te sauver contre ton gré. Si je voulais que tu me pardonnes, il faudrait que je t'explique celle qui était ma femme et je ne le peux. Il faudrait la salir... et je ne le veux.

Eogan avait pâli. Pour la première fois de sa vie, il sentit tout à la fois combien il était proche de son père et combien jamais, il ne pourrait le lui dire.

Ces quelques jours de mer lui avaient davantage permis de réfléchir que tous ceux de sa vie passée. Il s'était remémoré les paroles de Gwydion, d'Adeon, de Bronwen et de Myrrdin au sujet de sa mère. Il avait compris à travers leurs mots ce qu'elle avait pu être et qu'il ne se résoudrait jamais à admettre. Une femme de mort, une femme fatale à tous ceux qui avaient croisé son chemin, y compris son époux et son propre fils.

— Je comprends... père.

Et ce mot était le seul qu'Eogan put prononcer pour qu'un court instant quelque chose d'autre coule entre eux que la rage et la douleur de s'être retrouvés et à jamais perdus.

Il se leva et Oengus ne le retint pas. Le vent était tombé, les voiles faseyaient.

Quelque chose dans la mer et le ciel avait changé. L'enfant s'était redressé et avait couru vers la proue.

Devant eux, se dressait une île si blanche que les yeux n'en pouvaient soutenir l'éclat.

## 45

Le Fils de la Vague hurla un ordre et les marins se jetèrent sur les rames pour faire virer de bord la longue coque, laissant l'île de glace sur le côté.

Du haut de l'iceberg plongèrent de singuliers oiseaux noirs et blancs qui, sous l'eau, nageaient si vite qu'on eût dit des étoiles filantes.

— Des manchots, expliqua l'un des marins à Fergus qui essayait de les suivre du regard.

Plus ils avançaient, plus la mer charriait des plaques de

glace dont la brillance se reflétait dans le ciel. L'océan cognait dur et ils se relayaient aux manœuvres. Fergus allait mieux, il avait retrouvé sa vigueur et prenait plaisir à ramer avec Eogan. Il lui avoua même que la mer commençait à lui plaire. Elle inspirait sa harpe et lui faisait créer de nouveaux chants. Rien ne se ressemblait plus et la nuit, Dylan faisait allumer des feux sur le pont pour discerner les montagnes glacées. Ils jetaient l'ancre flottante et attendaient l'aube, se relayant au poste de guet en haut du mât.

Une nuit, alors qu'Eogan veillait, il crut que ses yeux lui jouaient un tour. Devant lui, se dressait une forêt. D'immenses arbres aux branches dressées vers les étoiles glissaient sans bruit vers le navire.

Il tira la cloche d'alarme à toutes forces et entendit aussitôt résonner les ordres de Dylan.

— Levez l'ancre, gourvernail à droite ! hurlait le garçon qui avait bondi à la proue, suivi d'Oengus et de Fergus.

Les arbres poussés par la brise marine n'étaient plus qu'à quelques milles. Eogan discernait la terre prise entre leurs immenses racines. Ils avaient dû être arrachés à quelques lointains rivages et voguaient ainsi, forêt guerrière dressée au milieu des vagues.

Les marins appuyèrent sur les rames de toutes leurs forces, le bateau vira de bord et longea cette forêt fantôme que la mer avait drossée vers eux. Un peu de terre et des feuilles rongées par le sel tombèrent sur le pont.

Une fois les silhouettes torses des arbres englouties dans la nuit, Eogan se fit remplacer en haut du mât et rejoignit Fergus sous son abri.

Son ami avait sorti sa harpe, ses doigts glissaient sur les cordes. Il chantait la glace et les arbres sur les vagues, les baleines et les manchots filant sous la mer.

Les jours étaient de plus en plus courts et les nuits plus longues au fur et à mesure de leur navigation. Le froid, quand le vent se levait, était terrible et même leurs fourrures ne les protégeaient plus assez. Ils durent doubler leurs vêtements et se fabriquer des gants avec les peaux de phoques qu'ils possédaient encore.

Par endroits, la mer se soudait et devenait étendue de glace. Enfin, un matin, il n'y eut plus de matin et seule la pleine lune les éclaira.

— Nous approchons, déclara Oengus au Rouge. C'est la « nuit bleue ». Il faut affaler la voile. Nous ne pourrons accoster qu'à la rame.

— Mais je ne vois pas les îles ! protesta Fergus qui ne discernait rien d'autre dans cette demi-obscurité que des masses de nuages amoncelées à l'horizon.

— Décris-moi ce qu'il y a devant tes yeux, fit le druide.

— Des nuages. Des nuages sur la mer.

— Combien en vois-tu ?

— Quatre... Vous voulez dire... Que ces nuages sont les îles au Nord du Monde ? Nous sommes arrivés ?

Oengus hocha la tête.

À l'avant, Dylan avait crié un ordre. Les marins lièrent les voiles puis regagnèrent les bancs de nage. Fergus se précipita pour saisir les rames.

Et soudain apparut un feu, puis quatre. Un sur chacune des îles, brillant sur la mer loin devant eux.

## 46

Le paysage baignait dans un bleu très doux. Les îles aux immenses falaises rocheuses avaient jailli de la mer. Elles étaient d'un blanc immaculé, recouvertes d'une neige épaisse qui semblait éternelle. Autour glissaient les vaisseaux blancs des glaciers qui dérivaient vers le sud.

Fergus se remémora les paroles de Gwydion quand il lui contait le voyage de Bran : « *Il est une île lointaine, tout autour resplendissent les chevaux de la mer ; Course blanche le long de la vague écumante, que soutiennent quatre pieds ; Brillant est le soleil, suite des victoires, plaine où jouent les armées, les bateaux luttent avec les chars, dans la plaine du sud du Bel Argent.* »

Dylan avait tendu le bras vers l'une d'elles.

— Falias.

Puis vers une autre et une autre encore, égrenant les noms :

— Murias, Goirias, Findias.

Et maintenant, il allait accoster. Ils apercevaient des maisons de pierres surplombées d'une haute tour où brûlait un feu. Toute une ville accrochée sur les pans escarpés de l'île. Sur un ponton de bois accouraient des silhouettes emmitouflées de fourrures blanches.

La lune était énorme et paraissait toute proche.

Fergus songea à Deirdre. Il y avait eu tant de dangers qu'il n'osait croire à leurs retrouvailles et il avait réussi, pendant tous ses jours, à maintenir le souvenir de la jeune femme loin de lui. Mais là, tout d'un coup, alors que les marins s'apprêtaient à lancer les amarres, il s'imposa à lui et avec lui, la peur. La peur qu'elle ne soit pas là, qu'elle soit morte. Que jamais il ne la revoie.

Un bras se posa sur son épaule.

— *Tir Tairngiri* : cette île ressemble à la Terre de Promesse, souffla Eogan en voyant l'île se déployer devant eux. Jamais, mon frère, je n'aurais imaginé ainsi les quatre îles d'où sont venus les *Tuatha dé Dânann*.

— Il y a tant de monde sur le ponton. Ils sont si nombreux à nous attendre !

Ils entendaient maintenant le son grave d'une trompe, une vibration qui se répercutait le long des rivages et s'y démultipliait.

Sur le ponton, une silhouette se tenait à l'écart, enveloppée de fourrures d'ours. Couchée à ses pieds, une bête blanche, un chien ou un renard couleur de neige.

Fergus la désigna à son ami :

— Crois-tu...

Il n'eut pas le courage de finir sa phrase. Lui qui avait tant fait, tant affronté, n'arrivait pas à décrire l'angoisse qui lui serrait le cœur, la peur qui faisait trembler ses jambes et ses mains. Eogan resserra son étreinte :

— Patience...

— Dans sa prédiction, elle ne disait pas si nous la retrouvions.

— Elle disait : *« Je vous y attendrai ».* Ici ou ailleurs, nous la retrouverons. Patience, mon frère.

Il y eut un choc à l'avant et le bateau heurta le quai. Des hommes couraient, saisissant les amarres. Il y avait des cris et des exclamations, les marins s'apostrophaient. Au milieu de la foule, ils reconnurent des visages familiers : Adeon, Forsui, mais aussi des gens d'Iona et de Tara.

Fergus n'avait d'yeux que pour la silhouette à l'écart des autres.

« Il y avait de la tristesse », songea Eogan en rendant leur salut à quelques-uns, « à les retrouver ici. Une terrible et insondable tristesse ».

Ils étaient venus de partout, les druides, les sacrés. De Cashel, de Tara, d'Emain Macha, de Dun Ailinne, de Iona, de Môna, de Mathrafal, de Dinas Emrys, de la *Terre en Longueur* pour se réfugier là. Ils avaient laissé le monde des hommes derrière eux pour revenir au Nord de tout, dans cet autre Monde où avait commencé leur histoire.

La silhouette enveloppée de fourrures blanches se fondit dans la foule et bientôt se retrouva près du plat-bord.

Deirdre, car c'était elle, ne sourit pas en les voyant, ne se jeta pas vers eux en criant ou en faisant de grands gestes.

Elle les regarda comme jamais elle ne les avait regardés et dans ses yeux, il y avait tout. L'espoir, la joie, l'amour... et une mélancolie sans fin.

## 47

Bien des nuits avaient passé depuis leur arrivée au Nord du Monde et la glace qui, pendant de longs mois, avait fait prisonnières les îles commençait à fondre. Le soleil réapparaissait, et son éclat se renforçait chaque jour davantage.

Fergus avait tenu parole. Rien ni personne n'avait pu se mettre en travers de son chemin et quand ses bras s'étaient refermés sur Deirdre, cela avait été pour en faire sa femme. Les talismans des *Tuatha dé Dânann* avaient repris place dans les sanctuaires de chacune des îles. Le chaudron du Dagda sur Murias, l'île où vivait le Fils de la Vague, la lance de Lug sur Goirias. Quant à Oengus, il avait déposé lui-même le glaive de Nuada sur Findias. Seule *Lia Fail*, la pierre de destin, manquait. Elle était resté à Tara.

Enfin *Imbolc* était venu, le temps où le lait monte aux brebis, celui de la fécondité et de la fin de l'hiver.

Oengus observait Eogan. Au début, le jeune homme avait vécu comme les autres. Il dînait souvent avec Fergus et Deirdre et passait de longs moments avec Adeon, le druide d'Iona ou avec Forsui, le druide de la cascade d'Ess na Larach. Il observait les rites et continuait à apprendre la langue sacrée, cette langue complexe venue de la compréhension des roches, des arbres, du feu, du vent et de l'eau, du mouvement du soleil, de la lune et des étoiles, mélange de mots et de signes, de danse et de chants. Un langage que seule une vie entière permettait d'appréhender dans sa totalité.

Puis, insensiblement, Eogan était devenu distant et solitaire. Il partait de longues journées à l'autre bout de l'île. Même l'amitié de Fergus ne semblait plus lui suffire. Il allait et venait comme un animal en cage, son humeur s'assombrissant.

Un matin, Oengus le trouva assis sur le ponton, observant les bateaux que les marins remettaient à l'eau, les sortant des abris où ils avaient passé l'hiver.

— Tu penses donc qu'une vie commencée dans l'esprit de vengeance ne peut devenir une vie de savoir et de connaissance ? demanda Oengus.

Le jeune homme se tourna vers son père. Ils s'étaient croisés bien des fois mais n'avaient guère échangé trois mots depuis leur arrivée sur Murias. Mal à l'aise tous deux, ils se saluaient, s'observaient sans que l'autre le remarque et ne s'abordaient que rarement.

— Tu as dit un jour que j'étais « *la chair de ta chair, et tout en même temps, un étranger. Que j'étais plus loin de toi que le pire de tes ennemis et plus près que ton meilleur ami.* » Tu sais mieux qu'un autre ce que je pense.

— Je sais que tu as pris ta décision, Eogan. Ton regard n'est plus le même. As-tu parlé à Fergus ?

Eogan avala sa salive avec difficulté. Annoncer son départ à Fergus le faisait reculer depuis bien des jours.

— Non. Pas encore.

Oengus fouilla sous sa robe et en sortit sa lame au nom d'étoile, celle qu'il lui avait tendue là-haut sur le Mont Tombe.

— Ullerin n'a jamais manqué son but. Qu'elle te

protège. Elle est pour toi, mon fils, toi qui as choisi l'errance et la guerre.

— Comment sais-tu...

Eogan s'interrompit. Son père avait raison, ils étaient si proches qu'il pouvait tout comprendre de lui. Même ce choix-là.

Oengus poursuivait :

— Fergus m'a raconté vos aventures et aussi votre passage sur Alba, les combats contre les Pictes[1] et ta rencontre avec Finn le Fol.

Alors que son père prononçait ces mots, Eogan revécut la scène. L'injure faite devant tous par le seigneur Dal Riata. La Blanche exigeant réparation. Et les paroles de Finn Le Fol :

*« Demande-moi ce que tu veux, Eogan le Sombre*, avait dit le chef des Dal Riata, *et par Lug qui nous entend, je te le donnerai. »*

Et sa réponse à lui, devant l'assemblée des soldats : *« Guerriers Dal Riata, la Blanche, soyez garants des paroles de cet homme ! Je garde ton offre, seigneur Finn. Un jour, proche ou lointain, je viendrai réclamer ce qui m'est dû. Et alors, il te faudra régler ta dette. Quoi qu'il t'en coûte. »*

— Je serai le chef de Dunadd Fort, fit-il, et un jour, les guerriers d'Irlande régneront sur Alba et ce sera moi, Eogan Le Sombre, qui l'aurais fait.

— As-tu oublié que tu ne t'appartiens plus ? Seul le Fils de la Vague peut te rendre ta vie et ta liberté.

— Il me l'a rendue. Je suis libre de la perdre ou de la conserver.

Oengus s'était redressé, une grande tristesse dans les yeux.

— Alors ne tarde plus, parle à Fergus et que Lug te garde, mon fils.

1. Voir le second volume de la Trilogie Celte : *Par la Vague*.

## 48

Eogan avait marché longtemps avant de se décider à aller frapper à la porte de son ami. C'est Deirdre qui lui ouvrit et son regard s'illumina en le voyant.

— Fergus me parlait justement de toi, dit-elle en l'embrassant. Tu lui manquais. Entre !

Il rendit son baiser à la jeune femme et pénétra dans la vaste salle où Fergus vivait avec sa femme. Assis devant la fenêtre dont il avait repoussé le volet, son ami jouait de la harpe. Il se leva en le voyant et le serra longuement dans ses bras.

— Cela fait bien des nuits que je ne t'ai vu ! s'exclama-t-il avec bonne humeur. Tu manges avec nous ?

— Non, je dois te parler... Seul à seul.

C'était si inattendu qu'un instant, Deirdre qui les avait rejoints, hésita. Elle échangea un long regard avec son mari, embrassa à nouveau Eogan et sans un mot, sortit de la maison.

Fergus désigna un tabouret au Sombre qui secoua la tête.

— Je préfère rester debout.

— Que se passe-t-il ? fit le Rouge qu'une sourde inquiétude envahissait. Qu'as-tu à me dire que ma femme ne puisse entendre ?

Alors qu'il allait répondre, le regard d'Eogan se brouilla. Les serments échangés, les combats, les dangers, les joies, les chants... Tout ce qu'ils avaient partagé...

— Parle !

— Je vais partir.

— Tu vas... Mais pour aller où ?

— Ma place n'est pas ici avec les druides. Je dois retourner vers le monde des hommes.

Une grimace douloureuse déforma les traits de Fergus.

Il se tourna vers la fenêtre, feignant de s'absorber dans la contemplation de la mer.

— J'avais fait serment de t'accompagner jusqu'au bout de ta quête.

— Et tu as tenu parole.

— J'ai retrouvé Deirdre, murmura-t-il, et conservé ton amitié, la croyance dans le Dagda et la musique de ma harpe. Grâce à tout cela, je pouvais attendre en paix le jour où je marcherais dans *le Tir na mBéo*, la Terre des Vivants... Mais sans doute aucun homme ne peut posséder tant de joies. Tu ne m'as pas dit où tu voulais partir ?

— À Dunadd Fort, réclamer mon dû à Finn le Fol.

— Tu as choisi la guerre.

— Oui.

— As-tu oublié la prédiction de Gwydion : *« Jamais, ou vous serez perdus tous deux, ne laissez rien ni personne vous séparer. Vous êtes les doigts d'une seule main »* ? Je suis sûr que notre force à tous deux vient de cette amitié qui nous tient depuis l'enfance et nous dépasse. Et si les ombres de la mort pâle te saisissaient...

— Nos chemins se séparent, Fergus, mais nous serons toujours un, toi et moi, et nous nous retrouverons dans l'Autre Monde.

Il posa ses lèvres sur celles de son frère de sang et le tint serré contre lui un long moment avant de se détacher.

Eogan ne se retourna pas alors que Deirdre l'appelait. Quitter Fergus était une déchirure. Il ne voulait plus qu'une chose : partir. Il descendit vers le port.

Dans la maison, son ami avait saisi sa harpe. Il ne s'arrêta pas quand Deirdre lui demanda ce qui se passait. Alors la jeune femme s'agenouilla aux pieds de son époux et laissa couler ses larmes. Elle avait compris.

Le lendemain à l'aube, un bateau levait l'ancre et Eogan était à son bord.

# Épilogue

Le temps s'était écoulé...

La pierre de destin, Lia Fail, le dernier talisman des *Tuatha dé Dânann*, le symbole de royauté, quitta l'Irlande pour rejoindre la citadelle de Dunadd Fort à Alba. Les Dal Riada prirent le nom de Scots qu'ils ont gardé jusqu'à ce jour.

Sur la *Terre en Long*, le temps passa aussi, plus vite peut-être qu'aux îles au Nord du Monde. Alet, abandonnée des Romains, s'effaça des cartes.

Un évêque, celui de Legedia qu'on nommait Aubert, fit édifier sur le Mont Tombe une église dédiée à l'archange combattant saint Michel.

Un raz-de-marée acheva de détruire la forêt de Sessiacum et les marais s'étendirent jusqu'au Dol. La prédiction d'Yder se réalisa et le Mont Saint-Michel et Tombelaine devinrent des îles cernées par les sables mouvants et la fureur de l'océan.

Quant aux Iles au Nord du Monde, prisonnières des glaces et de la nuit bleue, rochers blanc brillant, nul ne sait où elles sont...

## Petit lexique à l'usage du lecteur

**Alba :** nom gaélique de l'Ecosse.

**Anguinum :** objet en forme d'œuf. Pline y fait allusion dans ses écrits. Utilisé comme amulette, il aurait servi à obtenir gain de cause au cours des jugements.

**Archais :** nom médiéval de l'étui où l'on range l'arc et les cordes de rechange.

**Ard-ri :** haut roi d'Irlande, ou roi suprême.

**Aremoricae** : Armorique, en latin : « qui fait face à la mer ».

**Bandrui :** druidesse, littéralement femme druide.

**Bé Dânann :** littéralement femme de Dana, messagère du Sid.

**Belteine :** fête du feu. Fête sacerdotale ayant lieu début mai.

**Bornes milliaires :** bornes placées de mille en mille le long des voies romaines. Un mille équivalait à 1 000 pas, soit environ 1 742 mètres.

**Broch :** tour cylindrique sans fenêtre que l'on trouve en Ecosse. La plus impressionnante se trouve aux îles Shetland.

**Canalch :** îlot rocheux sur lequel s'établira plus tard la ville de Saint-Malo.

**Caracalle :** d'origine gauloise, espèce de tunique à capuchon formée de plusieurs bandes d'étoffe cousues ensemble. Elle fut adoptée par les Romains y compris dans la légion.

**Cardo :** grande rue d'orientation nord-sud.

**Cena :** repas pris en milieu d'après-midi, se divisant en quatre services : *gustatio*, *prima cena*, *altera cena* et *mensae secundae*.

**Condate :** nom latin de la ville de Rennes.

**Couire :** nom médiéval de l'étui où l'on glissait les flèches.

**Crannog :** (de l'irlandais crann : arbre) habitations de bois installées sur pilotis sur des lacs peu profonds ou des marais, reliées au rivage par des passerelles ou des chaussées de bois. Ce type d'habitat se retrouve en Irlande (Lisnacrogher) mais aussi en Grande-Bretagne (voir les marais de Fen).

**Curach :** en gallois (ou curragh en irlandais) bateau manœuvré à la voile ou à l'aviron, à la coque de cuir tanné, graissée au suint de mouton. Capable de parcourir de longues distances en résistant à de fortes vagues.

**Dal Riata :** clan irlandais à l'origine du peuplement de l'Ecosse.

**Decumanus :** grande rue d'orientation est-ouest.

**Dur Dabla :** la harpe du Dagda, le dieu druide.

**Emain Macha :** résidence du roi d'Ulster, actuellement Navan Fort près d'Armagh.

**Ergastule :** nom latin, lieu de travail et d'enfermement.

**Eriu :** Irlande. En irlandais ancien, ensuite Eirin, puis actuellement Eire.

**Fanum Martis :** nom latin de la ville de Corseul, près de Dinan.

**File,** pluriel **filid :** druide-poète, druide pratiquant magie et divination, ayant accès à l'écriture.

**Fomoire :** race ennemie mythique de l'Irlande. Dépeints comme physiquement horribles, difformes et méchants.

**Geis :** pluriel geasa : interdit druidique.

**Île des baleines :** surnom d'une des îles Orcades.

**Île des prairies** : autre nom de l'Irlande.

**Imbolc :** fête de la fin de l'hiver.

**Insula (ae) :** immeubles dont chaque étage était loué à des familles différentes.

**Lailoken :** en Ecosse, homme sauvage, il représente la violence des forces de la nature.

**Legedia** : nom latin de la ville d'Avranches.

**Lenur** : surnom vraisemblablement des îles anglo-normandes.

**Lia Fail :** la pierre de destin, celle qui crie quand le roi suprême la touche. Sa place était à Tara, dans le royaume de Meath.

**Limes :** lignes de séparation et de défense, frontières de l'empire romain.

**Llydaw** : en gallois : « *la terre en longueur* », désigne l'Armorique.

**Martenses :** légionnaires basés à Alet.

**Mausuetus :** « apprivoisé » en latin.

**Mauviette :** à l'automne lorsque l'alouette est bien engraissée, on l'appelle « mauviette ».

**Mona** : nom ancien de l'île d'Anglesey. Un grand sanctuaire druidique y aurait existé.

**Ogam :** écriture irlandaise, constituée de lettres et de traits. Liée à Ogme, le dieu de l'éloquence.

**Pagus Aletis :** désigne les terres et les *villae* rattachées à la cité d'Alet.

**Principia :** quartier général de l'armée romaine.

**Prétoire :** emplacement du camp où se trouvait la tente du général puis lieu où le prêteur (celui qui commandait) rendait la justice.

**Reginca :** nom gaulois de la rivière de la Rance.

**Rheda :** voiture légère tirée par des chevaux.

**Samain :** fête irlandaise qui marque la fin et le début de l'année aux alentours du 1er novembre. C'est un moment en dehors du temps. Un moment où les vivants peuvent communiquer avec les habitants du Sid, de l'Autre Monde.

**Segisama briga :** « la hauteur la plus forte », sans doute le premier nom de l'île de Cézembre en face de Saint-Malo.

**Sid**, pluriel **side** : nom de l'Autre Monde. Le sens de ce mot est paix. Cet autre monde porte d'autres noms : Mag Meld, Mag Mor, Tir na mBân, Tir na mBéo, Tir na nOg : Plaine du plaisir, Grande Plaine, Terre des Femmes, Terre des Vivants, Terre des Jeunes...

**Spatha** : longue lame plate aux tranchants parallèles à la ceinture, ayant remplacé le gladius, l'épée courte que portaient auparavant les militaires romains.

**Tara :** capitale du roi suprême d'Irlande, située dans le royaume du Meath, au centre symbolique des quatre autres royaumes : Leinster, Ulster, Connaught et Munster.

**Trirème :** galère de combat à trois rangs de rameurs.

**Tuatha :** tribu.

**Ullerin :** « qui conduit dans Eirin », étoile qu'utilisaient les marins venant des îles Hébrides et s'en retournant vers l'Ulster.

**Villae :** grands domaines agricoles et d'élevage possédés par les Romains.

Noms d'incantations citées dans le livre :

**Glam Dicinn :** ou malédiction suprême, incantation de destruction et de mort.

**Teinm Laegda :** illumination par le chant.

**Imbas Forosnai** : science qui illumine.

**Dichetal do chennaib cnaime :** incantation par le bout des os.

## Ils ont vécu au IV^e et V^e siècles

**Aetius :** général romain. Il naquit en Mésie à la fin du IV^e siècle. Durant sa jeunesse, il est envoyé comme otage à la cour d'Alaric 1^er puis à celle de Rhuas, le roi des Huns. On dit de lui qu'il fut le « dernier des Romains » en raison de ses nombreuses victoires sur les barbares. C'était en vérité un habile stratège, sachant utiliser ses alliances au bon moment. Il provoqua la chute du général romano-vandale Stilicon, vainquit les bagaudes d'Armorique, battit les Burgondes, mais surtout affronta Attila sur les Champs Catalauniques. Triomphant, il suscita crainte et jalousies et fut assassiné sur l'ordre de son empereur Valentinien III.

**Constance III :** général de l'empereur d'Occident Honorius, Flavius Constantius combattra avec succès les barbares. Il épousera Galla Placidia et en aura un fils, Valentinien, avant de mourir l'année suivant sa nomination d'empereur en septembre 421.

**Delphidius :** druide de Bordeaux, grand rhétoricien, ami du poète Ausone.

**Galla Placidia :** impératrice romaine, née en 390, fille de Théodose 1^er, demi-sœur des empereurs Arcadius et Honorius. Enlevée par Alaric 1er, elle épouse sans doute contre son gré son successeur Athaulf en 414. À l'assassinat de celui-ci, elle rejoint son frère Honorius et épouse en 417 Flavius Constantin, général victorieux qu'elle nommera Auguste vers 420 sous le nom de Constance III. Elle en aura un fils Valentinien. À la mort de son époux, elle gouvernera comme régente et exercera jusqu'à sa mort en 450, une profonde influence tant politique que religieuse.

**Grégoire de Nazianze :** né en 329 en Cappadoce. Théologien, mystique et poète, mort en 390.

**Patrick (ou saint Patrick)** : patron de l'Irlande, étudia le christianisme dans le sud de la France. Revient en 432 pour convertir les Irlandais, il arrive près de Saul, après avoir remonté la Slaney. Il convertit le chef local Dichu qui lui donne une grange dont il fera sa première église. Meurt en 461. On le dit enterré à Downpatrick.

**Rutilius Namatianus :** gaulois, haut fonctionnaire, préfet de Rome en 414, retourne vers sa patrie en danger par voie de mer en 417. Laisse deux livres relatant son voyage : *De Reditu suo*.

**Sinésius :** ou Synésius, philosophe et évêque de Cyrène. Néoplatonicien, auteur des Hymnes.

**Théodose 1er :** fils de Théodose l'ancien. Né en 346. Empereur romain et byzantin de 379 à 395, date de sa mort. Grand défenseur du christianisme. De son premier mariage avec Aelia Flacilla, il aura deux fils. Il partagera l'empire romain en deux, donnant l'Orient à Arcadius et l'Occident à Honorius.

**Valentinien III :** fils de Galla Placidia et de Constance III. Empereur romain de 424 à 455. Son règne est marqué par l'éclatement de l'empire romain d'Occident. Son pouvoir s'appuie sur les victoires du général romain Aetius qu'il fera assassiner, avant de lui-même périr sous les coups de deux hommes dévoués à ce dernier.

## Dieux et grandes figures des récits irlandais, gallois et armoricains.

**Belenos :** « brillant », dieu de la lumière et guérisseur qui s'apparente à l'Apollon gréco-romain.

**Boand :** femme d'Elcmar, frère du Dagda. De son adultère avec le dieu druide Dagda, elle a un fils, Mac Oc (fils jeune). Elle trouve la mort en voulant se purifier dans la rivière de la Segais. L'eau la poursuit jusqu'à l'océan, elle donnera ainsi naissance au fleuve Boyne.

**Cernunnos :** dieu des Celtes du continent, dieu au crâne de cerf. C'était un dieu de la fécondité terrienne, du renouveau des forces de la nature. On le représentait assis en tailleur, la tête couverte d'une double ramure de cervidé.

**Cuchulainn :** littéralement chien de Culann. Fils du dieu Lug et de Eithne. Sur terre, fils de Conchobar Mac Nessa et de sa sœur Deichtire. Son père putatif est Sualtam, son père adoptif Amorgen, le poète. Ces quatre filiations en font le héros de toute l'Ulster. Il combattra la reine Medb.

**Dagda :** littéralement dieu bon ou très divin, dieu druide. C'est après Lug, le plus important dieu du panthéon irlandais. Il a pour fille Brigit, qui sous le nom de Boand est mariée à son frère Elcmar (autre nom d'Ogme). Il a pour fils Oengus.

**Epona :** (dérivé du mot gaulois « epos » : le cheval et du suffixe « ona » indiquant son caractère divin). C'était la déesse des chevaux ainsi que de ceux qui les montaient et les soignaient. Elle n'a jamais été assimilée à une divinité romaine et son culte a perduré pendant la plus grande partie de l'époque gallo-romaine.

**Esus :** dieu des bateliers de Lutèce.

**Gobniu :** forgeron des Tuatha dé Dânann. Dieu des artisans du métal.

**Lug :** dieu suprême et roi mythique de l'Irlande, chef des Tuatha dé Dânann. Le sens de son nom est lumineux, c'est un dieu solaire. Lugus, chez les Gaulois, il sera assimilé par les Romains soit à Mercure soit à Apollon.

**Mogh Ruith :** littéralement serviteur de la roue. Druide mythique.

**Myrddin :** nom gallois de Merlin. Personnage légendaire oscillant perpétuellement entre sagesse et folie. Sa naissance est mystérieuse, il serait le fils d'une déesse et d'un mortel. Son ami est le barde Taliesin. Il est le conseiller d'Arthur et à la fin de sa vie, se constituera prisonnier de Viviane, la belle dernière, symbole de la Nature, de la Déesse Mère et de la Femme sans qui la perpétuation est impossible.

**Nuada Airgetlam, Nuada au Bras d'Argent :** roi mythique, mutilé, il retrouve son pouvoir après la greffe d'un bras d'argent par Diancecht.

**Ogme :** dieu lieur, maître de la guerre, de la magie, de l'éloquence, de l'écriture.

**Rosmerta :** divinité inférieure associée à Mercure (sa parèdre).

**Scatach :** Celle-qui-fait-peur, l'Ombreuse, fille de Buanuinne, roi de Scotie. Initiatrice et magicienne, reine d'une communauté de femmes initiées qui enseignent aux jeunes gens promis à un haut destin leurs connaissances magiques, sexuelles et guerrières. Elle sera l'initiatrice de Cuchulain (voir ci-dessus). Sa demeure écossaise est protégée par le Pont des Sauts.

**Sucellus :** dieu au maillet ou dieu frappeur. On ne trouve cette divinité qu'en Gaule. Dieu de la fécondité et en même temps des enfers. Il est représenté tenant d'une main un maillet qui évoque le monde des morts et de l'autre un vase nommé « olla », symbole de fertilité. Il est souvent représenté accompagné d'un chien.

**Taranis :** divinité principale des Celtes du continent. Dieu du tonnerre (taran) et des forces cosmiques. Ses attributs sont la roue et la foudre. Il sera assimilé à Jupiter.

**Teutatès :** Il était avec Esus et Taranis, l'un des dieux sanguinaires de la Gaule. Les Romains l'identifièrent à Mars. Il revêt autant de formes qu'il existe de groupes humains dont un grand nombre d'avatars féminins. Il est le protecteur de la tribu et symbolise le serment donné.

**Tuatha dé Dânann :** littéralement tribu de la déesse Dana, divinités préchrétiennes et peuplement mythique de l'Irlande. Les talismans qu'ils laissent aux hommes sont la lance du dieu Lug, le dieu suprême ; l'épée de Nuada, le glaive de Lumière, emblème du pouvoir royal ; le chaudron et la massue du Dagda, symbole d'abondance et Lia Fail, la pierre de destin, celle qui crie quand le roi suprême la touche.

## Pour les plus curieux...

— **Les anciens Bretons.** Des origines au XV$^{e}$ siècle. Patrick Galliou. Michaël Jones. Armand Colin.

— **Les Bardes bretons.** Théodore Hersart de la Villemarqué. La Découvrance.

— **La Bretagne des saints et des rois.** André Chèdeville. Hubert Guillotel. Ouest France Université.

— **Celtic Heritage.** Alwyn Rees and Brinley Rees. Thames and Hudson.

— **Les Celtes.** Collectif. Editions Stock. 1997.

— **Les Celtes et la civilisation celtique.** Jusqu'à l'époque de la Tène (T1). Depuis l'époque de la Tène (T2). Henri Hubert. Albin Michel.

— **Les Celtes.** Venceslas Kruta. Histoire et dictionnaire. Bouquins Robert Laffont.

— **The Celts.** Nora Chadwick. Penguin books.

— **Le dialogue des deux sages.** Christian-J. Guyonvarc'h. Bibliothèque scientifique Payot.

— **Dictionnaire de mythologie celte.** Jean-Paul Persigout. Editions du Rocher.

— **Les druides.** Miranda Green. Editions Errance.

— **Les druides.** Françoise Le Roux et Christian-J. Guyonvarc'h. Rennes. 1978. Ogam Celticum.

— **Les fêtes celtiques.** Françoise Le Roux et Christian-J. Guyonvarc'h. Ouest France Université.

— **Higlanders.** Histoire des clans d'Ecosse. Fitzroy Mac Lean. Gallimard.

— **Histoire de Saint-Malo et du pays malouin.** Éditions Privat.

— **Histoire de la cité d'Aleth.** Charles Cunat. La Découvrance.

— **La Gaule. Architecture et Civilisation.** Anne de Leseleuc. Flammarion.

— **Irish Kings and High-Kings.** Francis John Byrne. Batsford.

— **Mabinogion.** Tomes 1 et 2. Joseph Loth. Slatkine Reprints. 1975.

— **Magie, médecine et divination chez les Celtes.** Christian-J. Guyonvarc'h. Bibliothèque scientifique Payot.

— **Les mythes celtes. La Déesse Blanche.** Robert Graves. Editions du Rocher.

— **Ossian,** saga des hautes terres, recueillie par James Mac Pherson. Editions Libres Hallier.

— **Warlords and Holy men.** Scotland AD 80-1000. Alfred P. Smyth. Edinburgh University Press.

Imprimé en Espagne par LIBERDUPLEX (Barcelone)
Dépôt légal : 90764-09/07
Édition 01